AF748515

www.ingramcontent.com/pod-product-compliance
Lightning Source LLC
LaVergne TN
LVHW050757051026
849532LV00008B/2891
9789369080113

تشہیر کہانی

دلچسپ، مزیدار اور انوکھی تشہیری کہانیوں کا مجموعہ

تشہیر کی تشہیر، کہانی کی کہانی

ذوالفقار علی بخاری

© Zulfiqar Ali Bukhari

Tashhiir Kahani (Short Stories)
by: Zulfiqar Ali Bukhari
Edition: June '2026
Publisher :
Taemeer Publications LLC (Michigan, USA / Hyderabad, India)

ISBN 978-93-6908-011-3

جملہ حقوق محفوظ ہیں۔ ناشر کی پیشگی اجازت کے بغیر اس کتاب کا کوئی حصہ کسی بھی شکل میں نقل، محفوظ یا شائع نہ کیا جائے۔

© ذوالفقار علی بخاری

کتاب	:	**تشہیر کہانی** (کہانیاں)
مصنف	:	**ذوالفقار علی بخاری**
ترتیب / تہذیب	:	ذوالفقار علی بخاری
صنف	:	فکشن
ناشر	:	تعمیر پبلی کیشنز (حیدرآباد، انڈیا)
سالِ اشاعت	:	۲۰۲۶ء
صفحات	:	۸۲
سرورق ڈیزائن	:	ذوالفقار علی بخاری

Distributed globally through IngramSpark
Printed on demand by Ingram Content Group through
regional printing facilities depending on order destination.

فہرست

انتساب

ادبی دنیا کے روشن ستاروں کے نام

- ☆ شفیع الدین نیئرؔ
- ☆ خان حسنین عاقب
- ☆ سراج عظیم
- ☆ مستنصر حسین تارڑ
- ☆ بانو قدسیہ
- ☆ اشفاق احمد
- ☆ عصمت چغتائی
- ☆ مسعود احمد برکاتی
- ☆ ثاقبہ رحیم الدین
- ☆ ہاجرہ مسرور
- ☆ مکرم نیاز
- ☆ خالد علی

پیش لفظ

تشہیر کیا ہے؟

کسی چیز، خیال، خدمت، شخصیت، کتاب، ادارے یا پیغام کے بارے میں لوگوں کو آگاہ کرنے کا عمل تشہیر کہلاتا ہے۔ یعنی ہم کہہ سکتے ہیں کہ کسی چیز کو عوام الناس میں متعارف اور مقبول کرنے کے عمل کو تشہیر کہتے ہیں۔ ہمیں تجارتی، تعلیمی، سماجی، سیاسی، ادبی، مذہبی اور ڈیجیٹل تشہیر اکثر دکھائی دیتی ہے۔ تشہیر اچھی یا بُری دونوں حالتوں میں اپنا اثر ڈالتی ہے۔ تشہیر کا فن جدید دور کی پیداوار ہے جو کہ بیسوی صدی میں ایسے بیدار ہوا کہ آج مقبولیت حاصل کر چکا ہے۔ آپ کو کوئی ایسا کاروباری ادارہ دکھائی نہیں دے گا جو تشہیر کی بدولت صارفین کی نگاہوں میں نہ پہنچ رہا ہو۔ مثال کے طور پر کیلنڈر اور ڈائریوں کی تقسیم کرتے ہوئے ادارے اپنی تشہیر کرتے ہیں تاکہ لوگوں کو خدمات کے بارے میں علم ہو سکے یا اُن کی مصنوعات خریدنے میں دل چسپی ظاہر کریں۔ دورِ حاضر میں مصنوعات کی فروخت کے لیے تشہیر لازم وملزوم ہو چکی ہے۔ اِس کے بغیر گزارہ ناممکن ہے، کیوں کہ مصنوعات نہ تو عوام الناس میں مقبولیت حاصل کر سکتی ہیں اور نہ ہی اُنھیں خریدا جا سکتا ہے۔ تشہیر کا بسا اوقات مقصد صرف فروخت نہیں ہوتا ہے بل کہ معلومات کی فراہمی ہوتا ہے۔ دورِ حاضر میں کئی ادارے اخراجات کے خوف سے تشہیر سے گریز کرتے ہیں جس کے نتیجے میں اُنھیں مالی نقصان برداشت کرنا پڑتا ہے کہ وہ تشہیری مقاصد کے لیے رقم خرچ کرنے کو تیار نہیں ہوتے ہیں تاہم کچھ کاروباری شخصیات اور ادارے کاروبار کو فروغ دینے کے لیے اشتہارات نہ صرف اخبارات و رسائل میں شائع کرواتے ہیں۔ بل کہ سوشل میڈیا پر وائرل ہونے کے لیے مختلف انداز اپناتے ہیں تاکہ زیادہ سے زیادہ صارفین کی توجہ حاصل کی جا سکے۔

آپ نے دیکھا ہوگا کہ کئی ادارے تشہیر کے لیے معروف شخصیات کا سہارا لیتی ہیں تاکہ اُن کی وساطت سے مصنوعات کو صارفین میں متعارف کروایا جا سکے۔ تجارتی ادارے اپنی کامیابیوں کی تشہیر 'کہانی' اور گیتوں پر مبنی 'اشتہارات' کی صورت میں کرتے ہیں تاکہ ساکھ بہتر بنائی جائے اور لوگوں کا اعتماد حاصل ہو۔ اخبارات میں

اکثر اداروں کے حوالے سے مکمل صفحات شائع ہوتے ہیں جن میں اُن کی کارکردگی کو سامنے رکھا جاتا ہے یہ بھی ایک تشہیری حربہ ہوتا ہے جس کے تحت خاص مقصد حاصل کیا جاتا ہے۔ یوٹیوب پر کچھ ایسے کارٹونز موجود ہیں جن میں کہیں کہیں کسی ادارے کی تشہیر ہوتی ہے یا اُن کی مصنوعات دکھائی جاتی ہیں یا پھر کہیں ایک مخصوص سوچ کے تابع کچھ ذہن نشین کرایا جا رہا ہے۔ بقول احمد اقبال (ناول نگار/ مصنف):

''ایک زمانہ تھا۔۔70ء میں جب اشتہارات ایڈ ایجنسیاں بناتی تھیں۔اوریئنٹ، ایشیاٹک، کریسنٹ، ایمائین جے، مین ہٹن کئی نام تھے۔ ہر ایک میں میڈیا مینیجر ہی سکرپٹ کا ذمے دار ہوتا تھا۔اب کوئی نہیں، سب کام کمپیوٹر کر لیتا ہے۔ایک سلوگن پر پراڈکٹ چلتی تھی جیسے 'جہاں ماں متا۔ وہاں ڈالڈا' آج تک ہے۔ پی آئی اے کا 'کامیاب لوگ، لاجواب پرواز۔' فیض صاحب نے 1956 میں لکھا تھا تو دس ہزار دیئے گئے تھے۔''

راقم السطور کے بقول:

''ایسی کہانی جو کسی تشہیری مقصد کے لیے لکھی جائے گی، وہ ''تشہیر کہانی'' ہوگی۔

مذکورہ بالا تعریف عیاں کرتی ہے کہ لکھنے والے کے ذہن میں پہلے سے خاکہ موجود ہو کہ وہ جو لکھ رہا ہے اُسے تشہیری کہا جائے گا نا کہ حسن اتفاق سے لکھی گئی چیز کو تشہیر قرار دیا جائے گا۔

انسان کو ازل سے ہی جاننے کا شوق رہا ہے اور یہی وہ عمل تھا جس نے کہانی کو جنم دیا۔ہم اپنی زندگی میں کئی سچی اور فرضی کہانیاں پڑھتے ہیں اور اُنھی کی بدولت بہت کچھ سیکھتے ہیں۔ادبی دنیا میں کئی نوجوان اچھی کہانی لکھ کر اپنا نام بنانے کے خواہشمند ہوتے ہیں۔وہ نامور ادیبوں کی کہانیوں کو پڑھ کر کہانی لکھنا سیکھ جاتے ہیں یا پھر خداداد صلاحیتوں کے بل بوتے پر ادبی دنیا میں نام بناتے ہیں۔کہانی نویس مختلف موضوعات پر کہانیاں لکھتے ہیں اور قارئین سے بھرپور داد وصول کرتے ہیں۔ ہر کہانی کا ایک مقصد ہوتا ہے لیکن کچھ کہانیاں ایسی ہوتی ہیں جو مخصوص پیغام دینے کے لیے لکھی جاتی ہیں جس سے پڑھنے والے بہت کچھ سیکھتے ہیں جیسا کہ قرآن کہانی، حدیث کہانی اور فقہ کہانی۔

''تشہیر کہانی'' ایک موضوعاتی صنف ہے جس کے تحت تشہیری کہانیاں لکھی جا رہی ہیں۔کسی بھی زبان کے شائع ہونے والے رسالے یا رسالے کے خاص نمبر، کسی ادیب کے افسانوی مجموعے، ناول، شعری مجموعے، ادیب کی شخصیت، کسی بھی نوعیت کی مصنوعات، مطالعے یا کتب بینی کے فروغ یا پھر کسی ادبی سرگرمی کے حوالے سے تشہیری کہانی لکھی جاسکتی ہے، جس کا مقصد مذکورہ شے کو مقبول کرنا ہو۔اگرچہ اِس حوالے سے تبصرہ نویس اپنا

کردار ادا کر رہے ہیں لیکن تشہیر کہانیاں عام قارئین پڑھ کر اپنی رائے قائم کر سکتے ہیں۔جس سے ادب کے فروغ میں بھرپور مدد مل سکتی ہے کہ تبصروں کی بجائے کہانیاں اپنی جانب زیادہ مائل کرتی ہیں، یہی عنصر اس کی مقبولیت اور اہمیت ظاہر کرتی ہے۔

نثری ادب، شعری ادب، تنقیدی ادب، مذہبی ادب، بچوں کا ادب، مزاحیہ وطنزیہ ادب اور داستانی ادب کے بارے میں سب جانتے ہیں۔لیکن تشہیری ادب کے لیے کسی نے جسارت نہیں کی ہے کہ اُسے قبول کیا جائے اور ایک الگ حیثیت دی جائے۔دورحاضر میں تشہیری ادب کے لیے رکاوٹ کھڑی کی جارہی ہے تاکہ وہ اپنی الگ شناخت نہ بنا سکے۔دورحاضر کے کئی رسائل و جرائد اور ناقدین اِسے قبول کرنے سے گریزاں ہیں تو دوسری طرف پاکستان اور بھارت میں کہیں نہ کہیں بھرپور پزیرائی دی جارہی ہے جو کہ قابل تعریف ہے۔اہم سوال یہ ہے کہ ناقدین کیوں 'تشہیر کہانی' یا 'تشہیر نظم' کو ادب کی ایک اور بنیاد بننے سے روک رہے ہیں۔تشہیری ادب کو قبول کرنا وقت کی اہم ضرورت ہے کہ عصر حاضر میں اِس کی اہمیت بڑھ رہی ہے اور یہی وجہ ہے کہ تشہیری مزاج کی کہانیوں اور نظموں کو 'تشہیر کہانی'، 'تشہیری نظم' کا نام دیا گیا ہے تاکہ موضوعاتی صنف کا درجہ حاصل کر سکیں۔جس طرح ایک اشتہار دلکش، قائل کرنے والا، معلوماتی، واضح اور سادہ، مخصوص صارفین کی توجہ حاصل کرنے والا، تخلیقی، جذباتی اثرات کا حامل، عمل کی جانب مائل کرنے والا اور سچائی پر مبنی ہوتا ہے بالکل اُسی طرح 'تشہیر نظم' یا 'تشہیری کہانی' کو ہونا چاہیے۔اگر اردو ادب میں ''تشہیر کہانی'' کی اصطلاح پہلے رائج نہیں تھی اور کسی نے تشہیر کہانی کو بطور موضوعاتی صنف متعارف کرانے کی جسارت نہیں کی ہے تو پھر ماضی کی کہانیوں کو کیوں 'تشہیر کہانی'' کے لبادے میں پیش کرنے کی کوشش ہو رہی ہے۔جب کہ وہ ایک عام کہانی کی صورت میں رسائل میں شائع کی گئیں اور اُنھیں خاص پذیرائی بھی حاصل نہیں ہوئی۔اگر ایسا ہوا ہوتا تو یقینی طور پر اُنھیں موضوعاتی صنف کے طور پر شہرت حاصل ہوتی اور ہم تشہیری ادب کی اصطلاح سے ناواقف نہ ہوتے ، جو ظاہر کرتا ہے کہ ناقدین کہیں نہ کہیں بے ایمانی کے مرتکب ہو چکے ہیں۔

موضوعاتی صنف کے طور پر ''تشہیر کہانی'' کا آغاز دورحاضر کے ادب کے فروغ کے لیے ہوا تاہم اِس کے ذریعے ماضی کے ادبی کارہائے نمایاں، کتب اور ادیبوں کے علاوہ مصنوعات کے حوالے سے تشہیر کی جاسکتی ہے یعنی تشہیر کسی نہ کسی صورت اپنا حقیقی روپ دکھائے گی۔

کسی ادیب کی کتب کے لیے تشہیر کہانی کیسے لکھیں گے؟

اِس حوالے سے عرض یہ ہے کہ حال ہی میں عیشاء صائمہ کا ناول ''قرض مٹی کا'' شائع ہوا۔ اِس کی قیمت دوسو روپے ہے۔ جب تشہیر کہانی لکھی جائے گی تو یہ آگاہ کیا جائے گا کہ ''قرض مٹی کا'' کو کہاں سے اور کیسے حاصل کیا جائے گا اور رابطہ نمبر بتایا جائے گا جیسا کہ اخبارات ورسائل کے اشتہارات میں دکھائی دیتا ہے۔ اِس میں '' قرض مٹی کا'' کو کیوں خریدا جائے؟ اِس حوالے سے تذکرہ کیا جائے گا۔ کہانی نویس ناول کے معیار، صفحات کی تعداد کے ساتھ خوبیاں بیان کرے گا اور ایسا روپ پیش کرے گا کہ قاری ناول کو خریدنے پر مائل ہو۔ کیوں کہ تشہیر کا بنیادی مقصد لوگوں کو کسی خاص شے کی جانب راغب کرنا ہے اور اِسی وجہ سے نئی یا پرانی مصنوعات کی فروخت کے لیے تشہیر کی جاتی ہے۔ تشہیر کہانی پڑھنے والے کو جہاں کہانی ہی کہانی میں معلومات ملیں گی وہیں '' قرض مٹی کا'' کے حوالے سے تشہیر ہوگی۔ بچے، والدین یا پھر اساتذہ کرام اور دیگر احباب بیان کردہ خصوصیات کی روشنی میں ناول خریدنے کا فیصلہ کریں گے۔

آپ کہ سکتے ہیں کہ بیک وقت تشہیر اور کہانی ''تشہیر کہانیوں'' کا حسن ہے۔

راقم السطور کو'' آپ بیتیاں۔ حصہ دوم'' نامی کتاب جس میں تیس نامور ادیبوں اور مدیران کی آپ بیتیاں شامل تھیں۔ اِس کے لیے بطور معاون مدیر کام کرنے کا موقع ملا تب تشہیر کہانی لکھنے کا خیال آیا جو کہ اپنی طرز کا ایک منفرد تجربہ ہے۔ یہاں واضح کردوں کہ یہ خیال کسی ادیب کی کہانی پڑھ کر نہیں آیا اور نہ ہی اِس حوالے سے کبھی کسی سے سنا کہ ایسا تجربہ کیا جا سکتا ہے یا کیا گیا ہے۔ اِس سے قبل تشہیری انداز میں لکھی جانے والی کہانیوں کو عام کہانی کی مانند تصور کیا جاتا تھا بل کہ یوں کہنا مناسب ہوگا کہ جو بھی تحریر منظرِ عام پر آئی، وہ محض حسن اتفاق تھا۔ اِس نوعیت کی کہانیوں کو ''تشہیر کہانی'' کا نام راقم الحروف نے دیا جسے مخصوص تشہیری انداز میں لکھا جاتا ہے اور اِسی وجہ سے یہ مقبولیت حاصل کر رہی ہیں کہ اس کا مزاج دیگر کہانیوں کی بہ نسبت کافی الگ ہے ۔اِس کی مقبولیت کی بڑی وجہ موضوعاتی صنف کے طور پر فروغ ملنا ہے۔ راقم نے پہلی تشہیر کہانی فیس بک پر بعنوان ''پہلی سیڑھی'' بتاریخ 29 ستمبر 2021 لکھی تو خوب پزیرائی ملی۔ اُس کے بعد ایک مختصر کہانی ''تحفہ''، '' بہترین دوست''، گلدستہ ٹوٹ بٹوٹ کے '' لائبریری نمبر'' کے لیے لکھی جانے والی کہانی ''علم کا خزانہ''، خودنوشت ''جی دار'' کے لیے لکھی جانے والی مختصر تشہیر کہانی ''جی دار'' اور معروف بھارتی واٹس ایپ محفل ''بچپن'' کے حوالے سے لکھی جانے والی کہانی ''بچپن نگری'' نے بھرپور پذیرائی حاصل کی۔ یہ کہانیاں ویب سائٹس (دی سورس بھارت، ہماری ویب ڈاٹ کوم، پرتلپی اُردو، اردو ڈاٹ انڈیا نیریٹو ڈاک کوم)، الفجر

ڈیجیٹل میگزین ۔ بھارت ،ڈیلی حالات نیوز۔ بھارت ،روزنامہ نیا نظریہ، بھوپال (بھارت)،روزنامہ ایک قوم ،پٹنہ(بھارت)، روزنامہ اساس ۔راولپنڈی اور روزنامہ سرینگر جنگ ،جموں میں شائع ہو چکی ہیں۔ ’’بچپن نگری‘‘ کے نام سے تشہیر کہانی روزنامہ نیا نظریہ، بھوپال میں مورخہ 22 جولائی 2023 کو شائع ہوئی۔

مہوش اسد شیخ کی کہانی ’’کتاب دوست‘‘ جوکہ بچوں کا باغ، لاہور کے جنوری 2022 کے شمارے میں شائع ہوئی۔اُسے ہم تشہیری انداز کی کہانی کہ سکتے ہیں کہ اِس میں 26 کتب کا تذکرہ کیا گیا ہے۔اِس سے قبل کسی کہانی میں اتنی بڑی تعداد میں ادیبوں کی کتب کا ذکرنہیں ہوا، اِس حوالے سے یہ اولین کہانی ہے۔اِس کہانی کو ملنے والی پزیرائی نے ’’تشہیر کہانی‘‘ کی مقبولیت کو عیاں کر دیا ہے۔موضوعاتی صنف کے طور پر ’’تشہیر کہانی‘‘ کو مہوش اسد شیخ نے مقبول کرانے میں اہم ترین کردار ادا کیا ہے کہ انھوں نے اپنی کتب کی تشہیر کے لیے اِسے اپنایا ہے۔راقم نے ’’شناخت‘‘ کے نام سے تشہیری کہانی لکھی جس میں انیس پاکٹ سائز کہانیوں کے مجموعے،سات ناولز، انیس کتب اور لگ بھگ 55ادیبوں کا تذکرہ کیا گیا ہے۔ یہ تشہیری کہانی 29اپریل 2025 کو روزنامہ ایشیا ایکسپریس (اورنگ آباد) بھارت میں شائع ہوئی ۔ خان حسنین عاقب کی کہانی ’’موگلی اور کہاوت کہانی نمبر‘‘ گلدستہ ٹوٹ بٹوٹ جونیئر کے کہاوت کہانی نمبر کے لیے بطور خاص لکھی گئی۔جس نے بے حد مسرت دی ہے کہ حسنین عاقب جیسے معروف ادیب نے ’’تشہیر کہانی‘‘ کو سند پزیرائی دی۔ادیبہ انور کی کہانی ’’ آم کے آم گھٹلیوں کے دام‘‘ روزنامہ شہباز، پشاور میں 26فروری 2022 کو شائع ہوئی۔17 مارچ 2022 کو فاکہہ قمر کی تشہیر کہانی ’’فوٹو شوٹ‘‘ڈیلی حالات نیوز، بھیونڈی (بھارت) میں شائع ہوئی۔احمد نعمان شیخ نے ٹائم ٹریول کے موضوع پر کہانی ’’ٹائم ٹریول کیا ہے‘‘لکھی، تشہیری رنگ کی کہانی ’’بچوں کا باغ‘‘ کے مارچ 2022 کے شمارے میں شائع ہوئی۔محمد رمضان شاکر کی تشہیری کہانی ’’خوشیوں کے رنگ،Capax کے سنگ‘‘ روزنامہ مہنگائی، بھارت میں 15اپریل 2022 کو شائع ہوئی۔راقم کا تشہیری ڈرامہ ’’جادوئی نگری‘‘ روزنامہ سرینگر جنگ، جموں میں 29 مئی 2024،روزنامہ انوارقوم، کانپور میں 2جون 2024، روزنامہ لازوال، جموں میں 2جون 2024اورہفت روزہ خیراندیش، مالیگاؤں میں 3جون 2024 کو شائع ہو چکا ہے۔راقم کی ایک کہانی ’’ کامیابی کا سفر‘‘ نہ صرف انگریزی بل کہ سندھی زبان میں ترجمہ ہوئی ہے۔سندھی میں روزنامہ تعمیر سندھ، کراچی میں 10 ستمبر 2024 کو شائع ہوئی۔اِسے آغا نور محمد

سندھی نے ترجمہ کیا اور اُنھوں نے ''کتاب کہانی'' کی اصطلاح کے تحت منظر عام پر لانے کا فیصلہ کیا یعنی ''تشہیر کہانی''اور''کتاب کہانی''ایک ہی تصویر کے دو رخ ہیں۔انگریزی ترجمہ Daily Star Plus میں 8 اکتوبر 2024 کو شائع ہوا۔''پھولوں کا دیس'' کے نام سے تشہیری کہانی سہ ماہی باغیچہ اطفال، سیالکوٹ کے پھول نمبر (اکتوبر تا دسمبر 2024) شائع ہوئی۔آغا نور محمد سندھی کے بقول اُنھوں نے اپنی پچاس سالہ ادبی زندگی میں کبھی ''تشہیر کہانی'' کی اصطلاح نہیں سنی ہے۔

ناقدین اعتراضات کرتے ہوئے یہ بھول جاتے ہیں کہ ''تشہیر کہانی'' کی اصطلاح اردو ادب میں دیگر اصناف کی طرح مشہور کیوں نہیں ہوسکی، اگر واقعی تشہیر کہانی کی اصطلاح پہلے رائج تھی تو اِس پر تحقیقی کام کیوں نہیں کیا گیا اور جامعات نے اِسے نظر انداز کیوں کیا؟ بہرحال، میرے لیے اعزاز کی بات ہے کہ پاکستان اور بھارت کے کئی بہترین لکھنے والوں نے تشہیری کہانیاں لکھی ہیں۔اب تک کئی ادیبوں کی اخبارات، رسائل، ویب سائٹس اور فیس بک پر تشہیری کہانیاں پڑھنے کو مل چکی ہیں۔اِن میں سے کئی کہانیوں کو قارئین کی بھرپور پزیرائی ملی ہے۔تادم تحریر ڈاکٹر سیما شفیع، احمد نعمان شیخ، خان حسنین عاقب، تہنیت افتخار، ادیبہ انور، بہرام علی وٹو، مہوش اسد شیخ، محمد رمضان شاکر، نیلم علی راجہ، ہادیہ جنید، عرفان حیدر، شاہ رخ گل، حمیرا علیم، سعدیہ نسیم، عیشاء صائمہ، سیدہ رابعہ ہاشمی، صائمہ مسلم، حمزہ علی، اریبہ عابد حسین، طیبہ زاہد، محمد عثمان ذوالفقار، سیدہ لبنیٰ رضوی، سائرہ شاہد، ارسلان اللہ خان، فاکہہ قمر، سبین مقصود، محمد عثمان ذوالفقار، میمونہ گورمانی، سیماب گل، صبا اظہر، شہزاد بشیر، شفاء چوہدری، محمد عدیل، شمع اختر انصاری، عائشہ آصف، نخل سعدی آرائیں، فرزین لہرا، سحرش ظفر، صحیفہ ہادیہ، مریم ملک، ثناء ادریس، کومل یلیین، عمیمہ خان، عطاء السلام سحر، زینب شہزادی، ملائکہ سلیمان، خدیجہ ظفر، عائشہ سلیم قریشی، روشنی خان، بنت السلام خان، رحمت علی، رحاب صفی، ایمن صغیر، میمونہ ارم مونشاہ، ثمرہ شوکت، اُفق زہرہ بلوچ، دانیال حسن چغتائی، رضوان علی سومرو، ثمرینہ علی، ناہید گل، مدیحہ بخاری، کنیز نور فاطمہ، حمیرا نگاہ، سمن مجید، ہویدا صالح، عمر فاروق، علیشہ چوہدری، صدف جاوید، مہرین فاطمہ، انیس فاطمہ، فائزہ ماجد، بنت محمود، طیبہ صباحت، فاطمہ طارق حسین، یاسر فاروق، ردا آرزو، بینش احمد، قانتہ رابعہ، بنت مسعود احمد، عائشہ حنا، عصمت اسامہ، نمرہ خان، نمرہ شہزاد، نوید حسین کھوکھر، ظل ہما، زینب اعظم، بلال محسن، بنت سکوت، غلام عباس بھٹی، وسعت اللہ خان، سیدہ فاطمہ تنویر، نزہت وسیم، مریم گل، نزہت ریاض اور محمد مستقیم نبی کی لکھی گئی کہانیاں نظر سے گزری ہیں۔اِن کے معیار پر بحث کی جاسکتی ہے لیکن

خوشی کی بات یہ ہے کہ انھوں نے تشہیر کہانی کو بطور موضوعاتی صنف درجہ دلوانے میں اپنا حصہ ڈالا ہے۔

بچوں کے لیے شائع ہونے والی نئی یا پرانی کتب، ناولز، رسائل کے خاص نمبر کے لیے کہانی کی صورت میں معلومات دینا بہترین نتائج لا رہا ہے تاہم کہانی کے عنوان کے ساتھ لفظ تشہیر کہانی یا تشہیری کہانی ضرور لکھا جائے تاکہ ادیبوں سے ہٹ کر کوئی قاری (بچے، والدین، اساتذہ وغیرہ) پڑھیں تو اُنھیں علم ہو سکے کہ تشہیر کہانی ہے۔ اِس طرح کی کہانیوں کو شائع کرنے والے مدیران کو یہ خیال رکھنا چاہیے کہ تشہیر کہانی اپنا ایک مخصوص روپ رکھتی ہے اور اِس کا ذائقہ ہر ایک کو پسند نہیں آ سکتا ہے۔ جب تک تشہیری کہانیوں کے بارے میں لوگ نہیں جانیں گے تب تک ایسا کرنا انتہائی نامناسب عمل ہوگا کہ تشہیر کہانی قابل قبول نہیں ہو پائے گی۔ اگر مذکورہ بالا تجویز پر عمل کیا جائے تو یقینی طور پر قارئین تشہیری کہانیوں کو پڑھیں گے اور اِس کے مثبت اثرات دکھائی دیں گے۔ روزنامہ سرینگر جنگ، جموں اور روزنامہ اساس، راولپنڈی قابل تعریف ہیں کہ موضوعاتی صنف کی ترویج کے لیے مذکورہ اصول کو اپنا رہے ہیں۔ اُن تمام احباب کا شکریہ ادا کروں گا جنھوں نے تشہیر کہانی کو بطور موضوعاتی صنف درجہ دلوانے میں اپنا کردار ادا کیا ہے۔ محمد جعفر خونپوریہ نے فاکہہ قمر کی دو تشہیری کہانیاں ''ڈینگی ڈریکولا اور ''ببلی اور پی جی او ٹائیگر'' شائع کیں۔ اِن کہانیوں میں اگرچہ مختلف پراڈکٹس کی تشہیر کی گئی تھی لیکن یہ بچوں کے لیے سبق آموز ہیں کہ ایک خاص پراڈکٹ کی تشہیر کے ساتھ ساتھ بچوں کو اپنا خیال رکھنے کی تلقین کی گئی۔ ماضی میں جن ادیبوں نے معلوماتی یا کچھ تشہیری انداز سے لکھا، وہ محض حسن اتفاق ہے۔ جو تشہیری کہانیاں آج لکھی جا رہی ہیں، اُن سے بے حد مختلف ہیں کہ یہ مخصوص روپ میں پیش ہو رہی ہیں۔ سعادت حسن منٹو پر لکھی جانے والی تشہیر کہانی 'منٹو' بطور مثال پڑھی جا سکتی ہے جو کہ روزنامہ سرینگر جنگ، جموں میں 8 اپریل، 2026 کو شائع ہوئی۔

سہ ماہی باغیچہ اطفال، سیالکوٹ کے خاص شمارے ''دوست نمبر'' میں شائع ہونے والی کہانی '' بہترین دوست'' اولین تشہیر کہانی کہلائی جا سکتی ہے جسے موضوعاتی صنف (تشہیر کہانی) کے تحت شائع کیا گیا۔ اِسی رسالے میں مزید کہانیاں ''تشہیر کہانی'' کی اصطلاح کے ساتھ شائع ہوتی رہتی ہیں۔ اِس سے قبل ایسی کوئی مثال نہیں ملی جس سے واضح ہو کہ تشہیر کہانیوں کو بطور موضوعاتی صنف پہلے مقبولیت حاصل تھی یا اُس پر کبھی کام کیا گیا ہے۔ تشہیر کہانی کی اصطلاح راقم نے اپنی اولین تشہیری کہانی کو پیش کرتے ہوئے استعمال کی۔ ماضی کے کئی ادیب اِس حوالے سے بات کرتے ہیں کہ کہانیوں میں تشہیری انداز نیا نہیں ہے۔ اِس سے پہلے بھی ایسا

ہوتا رہا ہے لیکن سوال یہ ہے کہ کیا ''تشہیر کہانی'' کی اصطلاح کبھی اُن کہانیوں کے لیے استعمال ہوئی، جو ماضی میں شائع ہوئی تھیں۔اگر چہ کہیں نہ کہیں انگریزی زبان میں advertising story یا promotional storytelling کی اصطلاحات سننے کو ملی ہیں لیکن اردو ادب میں 'تشہیر کہانی' کی اصطلاح ماضی میں استعمال نہیں ہوئی، جو اپنی جگہ تلخ حقیقت ہے۔اگر ایسا ہوتا تو یقینی طور پر تشہیری ادب پڑھنے کو ملتا، لیکن ایسا نہیں ہوا ہے۔اگر تشہیری کہانیوں کو بطور موضوعاتی صنف تسلیم کیا جائے تو تشہیری ادب کے لیے بے پناہ کام کیا جا سکتا ہے۔دل چسپ امر یہ ہے کہ جنھوں نے تشہیری کہانی لکھنے کا دعوا کیا، کیا اُنھوں نے مستقل بنیادوں پر تشہیری کہانیاں لکھنے کی کوشش کی یا کہیں اُس کا تحریری تذکرہ کیا کہ وہ تشہیری کہانیاں لکھتے رہے ہیں۔حیران کن طور پر جو احباب کہتے ہیں کہ تشہیری کہانیاں پہلے لکھی گئی ہیں، اِس حوالے سے کبھی جامعات میں تحقیقی کام کیوں نہیں ہوا، درحقیقت تشہیر کی اہمیت کو کبھی سمجھا نہیں گیا۔راقم کی جانب سے تشہیری کہانیوں کے فروغ کا ثمر ہے کہ ماضی میں تشہیری رنگ کی کہانیوں کو باقاعدہ تشہیر کہانی قرار دیا جا رہا ہے جو کہ نامناسب عمل ہے اور راقم السطور کے نزدیک ''سازش'' ہے کہ ماضی میں لکھی جانے والی کہانیاں عام کہانی کی صورت میں پیش ہو رہی تھیں، اُنھیں وہ پذیرائی اور مقبولیت حاصل نہیں ہوئی ہے۔جو ''تشہیر کہانی'' کی اصطلاح دینے کے بعد ملی ہے۔ناقدین کی دلیل تسلیم کر لی جائے تو یہ حیران کن ہے کہ اردو ادب میں تشہیر کہانی بطور موضوعاتی صنف دنیا کے کسی خطے میں مقبولیت حاصل نہ کر سکی اور اپنی موت آپ مر گئی، یہ ہضم نہیں ہو سکتا ہے کہ تشہیر کہانی کی اصطلاح کہیں بھی رائج نہ ہو پائے۔یہاں یہ وضاحت ضروری ہے کہ جس کا حقیقی آئیڈیا ہوتا ہے وہی اُس کے تمام تر پہلو بہ خوبی عیاں کرنے کی استطاعت رکھتا ہے اور دیگر ایسا نہیں کر سکتے ہیں اور ایک جگہ پھنس جاتے ہیں۔دورِ حاضر میں تشہیر کہانی بطور موضوعاتی صنف رفتہ رفتہ مقبولیت حاصل کر رہی ہے یہی وجہ ہے کہ اِس حوالے سے ماضی کے اوراق کھنگالے جا رہے ہیں کہ پہلے بھی ایسا کام ہوا ہے؟ راقم کے علم میں آیا ہے کہ ماضی میں کچھ ایسی کہانیاں لکھی گئی ہیں جس میں قارئین کو معلومات دی گئی ہیں لیکن وہ عام کہانی کی صورت میں شائع ہوئیں۔جنھیں تشہیر کہانی قرار دینا بے حد غیر مناسب ہو گا یعنی قارئین اور ادیبوں کی نظر میں وہ ایک عام کہانی تھی جس میں کسی چیز کی تشہیر کی گئی ہے اور اُسے لکھنے والے تو کیا، پڑھنے والے نہیں سمجھ پائے کہ یہ تشہیر کہانی ہے۔لیکن آج اُنھی کہانیوں کو تشہیر کہانی قرار دے کر یہ جدوجہد کی جا رہی ہے کہ تشہیر کہانی بطور موضوعاتی صنف منظرِ عام پر لانے کی کوشش کو ناکام بنایا جا سکے۔راقم نے موضوعاتی صنف ''تشہیر کہانی''

کے تحت مخصوص مزاج کی کہانیوں کو متعارف کرایا ہے تاکہ اُس دور میں جب لوگ کتب و رسائل سے دور ہو رہے ہیں وہ تشہیری کہانیوں کو پڑھ کر ادب سے جڑیں۔ کیوں کہ مطالعہ کرنا ہر انسان کو نفع دیتا ہے۔ یاد رکھیں کہ آج کے دور میں تشہیر بے حد ضروری ہو چکی ہے۔ اِس کے بغیر نہ تو کوئی رسالہ بھرپور فروخت ہو سکتا ہے اور نہ ہی اشیاءِ خورد نوش خریدنے پر گاہکوں کو مائل کیا جا سکتا ہے۔ اگرچہ ماضی میں کئی ایسی کہانیاں لکھی گئی ہیں جن میں کسی نہ کسی طور تشہیر کی گئی ہے تاہم اِس حوالے سے یہ بات ریکارڈ پر لایا جانا ضروری ہے کہ اُن کہانیوں کا بنیادی مقصد تشہیر تھا یا وہ محض حسن اتفاق سے لکھی گئی ہیں۔ ناقدین کو سمجھنا چاہیے کہ ہوائی فائرنگ سے کوئی قتل ہو جائے تو بندوق چلانے والا نہ تو ماہر نشانہ باز قرار دیا جائے گا اور نہ ہی مستند قاتل۔

''تشہیر کہانی'' اور ایک عام کہانی کے تشہیری انداز میں فرق رکھنا بہت ضروری ہے۔ اِس حوالے سے یہی کہا جا سکتا ہے کہ اگر کوئی کہانی تشہیر کے مروجہ اصولوں کو مد نظر رکھ کر لکھی جاتی ہے تو وہ ''تشہیر کہانی'' کہلائی جائے گی ،تاہم جس کہانی میں تشہیری رنگ جھلکے گا، وہ ایک عام کہانی ہوگی۔ اور اُسے موضوعاتی صنف (تشہیر کہانی) سے کچھ الگ ہی سمجھا جائے، اگرچہ اِس میں تشہیری رنگ ہوگا، لیکن وہ مکمل تشہیری کہانی نہیں ہوگی۔ اِس چیز کو سمجھنے کے لیے دورِ حاضر میں لکھی جانے والی تشہیر کہانیوں کا گہرائی سے مطالعہ بے حد ضروری ہے۔ تشہیری کہانیوں کی بنیادی تشہیر ہے جس کے گرد کہانی گھومتی ہے، آپ ایسی کہانی کو تشہیری قرار نہیں دے سکتے ہیں جو کہ اخلاقیات کا سبق لے کر چلے اور تشہیری رنگ میں ڈھل جائے۔ تشہیر کہانی کو موضوعاتی صنف کا درجہ دلوانے کی کوشش جاری ہے اور اِس حوالے سے راقم کی خواہش ہے کہ ایسی کہانیوں کو ہرگز تشہیر کہانی نہ تسلیم کیا جائے جن میں معمولی تشہیری رنگ جھلکتا ہو اور وہ ایک عام کہانی کی مانند رسائل و اخبارات میں شائع کی گئی ہوں۔ اِس کی وجہ یہی ہے کہ جب عام لوگ پڑھیں گے تو اکثریت کو تشہیری کہانی اور عام افسانے میں فرق سمجھ نہیں آئے گا اور بطور موضوعاتی صنف تشہیر کہانی مقبول نہیں ہو پائے گی۔ عام قارئین اور ادیبوں کو کہانی کے نام سے قبل'' تشہیر کہانی'' کی اصطلاح دیکھ کر اندازہ ہو جانا چاہیے کہ وہ جو کہانی پڑھ رہے ہیں۔ وہ ''تشہیر کہانی'' ہے۔ اِس کی واضح مثال سہ ماہی باغیچہ اطفال کا جنوری تا مارچ 2024 کا شمارہ ہے جس میں تشہیر کہانی'' بہترین دوست'' مذکورہ بالا اصول کے تحت شائع کی گئی ہے۔ اِسی اصول کے تابع کئی کہانیاں مختلف اخبارات اور رسائل نے شائع کی ہیں۔ زیرِ نظر مجموعے سے قبل ای بک کی صورت میں ''تشہیر کہانی'' کے عنوان سے تیس قلم کاروں کی تشہیری کہانیوں کا مجموعہ معروف ویب سائٹ ''ریختہ'' پر آن لائن مطالعے کے لیے پیش ہو چکا

ہے۔میری خواہش ہے کہ ادب کے میدان میں تجربات ہوں کیوں کہ اِسی سے مزید فروغ ممکن ہوگا۔یہ دل چسپ امر ہے کہ تشہیر کہانیاں اگر مختلف اداروں کی تشہیر کرنے لگیں تو ادب اطفال ادیبوں اور رسائل کو بھرپور انداز میں اشتہارات مل سکتے ہیں جو کہ اُن کی بقاء کے لیے بے حد ضروری ہو چکے ہیں۔

یقین ہے کہ ادیب تشہیری کہانیاں لکھتے رہیں گے تاکہ بچوں اور بڑوں کو مطالعے کی جانب مائل کر سکیں اور کاروباری اداروں کو نفع بہ صورت تشہیر ملتا رہے۔درحقیقت یہی وہ مقصد ہے جس کو مدنظر رکھتے ہوئے راقم ''تشہیر کہانی'' کو بطور موضوعاتی صنف درجہ دلوانے کے لیے سرگرم ہے۔

آپ کے لیے دعا گو

بتاریخ:10 مارچ 2025

ذوالفقار علی بخاری

ادیب، مدرس، کالم نگار، مصاحبہ کار، ناول نگار، ڈرامہ نگار، محقق ادب اطفال

بانی: سرائے اردو (ادبی فورم) پاکستان

مدیر اعلیٰ (سہ ماہی باغیچہ اطفال، سہ ماہی سرائے اردو، سیال کوٹ)

اردو ادب اور تشہیری کہانیاں

اردو ادب میں تشہیری کہانیوں کی روایت ملتی تو ہے لیکن با قاعدہ اور منظّم طور پر تشہیری کہانی کو ایک موضوعاتی صنف کا درجہ دلانے کے لیے کوئی کوشش نہیں کی گئی اور نہ ہی اس کی ترویج کے لیے کوئی ٹھوس اقدامات کئے گئے۔ گو کہ تشہیری کہانیاں چند دہائی قبل سے کسی نہ کسی شکل میں لکھی جا رہی ہیں لیکن یہ کوششیں اتفاقی اور غیر منظّم رہی ہیں۔

گزشتہ دو برسوں میں برصغیر میں ادب اطفال کے حوالے سے جو ہلچل مچی ہوئی ہے اس میں سوشل میڈیا کا کردار اہم ہے۔ مثلاً ہندوستان میں بچپن واٹس ایپ گروپ اور پاکستان میں ذوالفقار علی بخاری کی سرپرستی میں سینئر قلمکاروں کے ساتھ ساتھ نئے لکھنے والوں کی جو حوصلہ افزائی کی جا رہی ہے، وہ قابل تحسین ہے۔

زیر نظر کتاب ذوالفقار علی بخاری کی تحریر کردہ تشہیری کہانیوں کا مجموعہ ہے جو اس موضوع پر اپنی نوعیت کا شاید پہلا مجموعہ ہوگا۔ میں تشہیری کہانیوں کے تجارتی مستقبل کو اس لیے روشن پاتا ہوں کہ فی زمانہ اشتہار سازی بھی ایک فن کا درجہ حاصل کر چکی ہے اور تشہیری کہانی اشتہاری ایجنسیوں کو کسی بھی پروڈکٹ کے لیے بہترین اسکرپٹ فراہم کر سکتی ہے۔

اس صنف پر مستقل کام کرنے اور اسے ادبی طور پر مستحکم کرنے کے ساتھ ساتھ اسے تجارتی پہلو سے بھی فعال اور مفید بنانے کی سمت توجہ دی جائے تو یقیناً یہ ایک اہم کام کا سنگ بنیاد ثابت ہوگا۔ ذوالفقار علی بخاری کو اس پیش رفت کے لیے نیک خواہشات!

خان حسنین عاقب

ادیب اطفال، شاعر، مترجم، معلم

بھارت

منٹو

''فہیم۔۔۔تمھارا ذوق اتنا خراب ہو گیا ہے کہ تم ایسی فحش کتاب پڑھ رہے ہو۔''

فہیم کے ہاتھ میں موجود کتاب کی جانب اشارہ کرتے ہوئے بہرام چیخا۔

''پگلے! یہ سعادت حسن منٹو کی کتاب ہے۔''

فہیم نے بے حد پرسکون لہجے میں جواب دیا۔

''لیکن نام تو کہیں سے اچھا نہیں لگ رہا ہے۔۔۔کالی شلوار'' بہرام سر جھکاتے ہوئے بولا۔

''اگر کتاب کا نام منفرد نہ ہوتا تو اِسے پڑھنے کے لیے کیوں خریدتا؟'' فہیم نے دلیل دی۔

''لیکن منٹو کے افسانے۔۔۔۔۔۔فحش قرار دیے گئے ہیں؟''

بہرام سے فہیم کی دلیل ہضم نہیں ہوئی۔

''سعادت حسن منٹو نے کڑوا سچ بے باکی سے لکھا۔لیکن اُسے تسلیم کرنے کی بجائے افسانوں کے ناموں پر اعتراض کیا گیا۔کیا ہم عید کے موقع پر کالا سوٹ نہیں پہنتے ہیں؟ کالی شلوار کے نام سے کہاں واضح ہوتا ہے کہ جو لکھا گیا ہے، وہ فحش ہوگا؟''

فہیم نے کتاب کو میز پر رکھتے ہوئے جواب دیا۔

''منٹو ایسا ادیب تھا جس پر پر مقدمے ہوئے تھے کہ۔۔۔''

بہرام کی بات کو کاٹتے ہوئے فہیم بولا:

''منٹو کے افسانوں دھواں، کالی شلوار، ٹھنڈا گوشت، کھول دو، اوپر نیچے، درمیان اور بو پر مقدمے دائر کیے گئے تھے لیکن وہ جیت گئے۔سعادت حسن مٹو نے کامیاب دفاع کر کے ثابت کیا کہ اُن کے بارے میں منفی تشہیر کی گئی تھی۔تمھیں بتا تا چلوں کہ منٹو کی تلخ سچائی کبھی ہضم نہیں ہوئی، بقول احمد ندیم قاسمی کے ''نقوش'' سمیت کئی دیگر پرچے ضبط اور اُن کی اشاعت کو معطل کیا گیا تھا۔''

''کیا منٹو نے صرف افسانے لکھے تھے؟'' بہرام نے استفسار کیا۔

''نہیں۔۔۔یار۔منٹو نے لارڈلٹن ،میکسم گورکی ،چیخوف ،پوشکن ،گوگول ،دوستو وسکی ،والٹیر ،اور موپساں کو بھی پڑھا،بل کہ اِن میں سے بعض کی کتابوں کا ترجمہ بھی کیا، بعدازاں منٹو نے ''ہمایوں'' کے مدیر حامد خان کے تعاون سے 'روسی ادب نمبر' مرتب کیا اور ''روسی افسانے'' کے عنوان سے ایک کتاب مرتب کر کے شائع کی۔'' فہیم نے مسکراتے ہوئے جواب دیا۔

''سعادت حسن منٹو کا اولین افسانوی مجموعہ کب منظر عام پر آیا تھا؟''

بہرام نے ایک اور سوال کیا جس پر فہیم نے تفصیل بتانا شروع کی۔

''1936ء میں منٹو کا پہلا افسانوی مجموعہ ''آتش پارے'' کے نام سے شائع ہوا۔ایک دل چسپ بات بتاؤں گا کہ سعادت حسن منٹو نے اپنے افسانوں کے بارے میں ایک ایسا جملہ کہا جو آج بھی اُن کی شخصیت اور تخلیقات کو پڑھنے پر مائل کرتا ہے۔منٹو کے بقول 'اگر آپ اِن افسانوں کو برداشت نہیں کر سکتے تو اِس کا مطلب یہ ہے کہ یہ زمانہ ناقابلِ برداشت ہے، میری تحریر میں کوئی نقص نہیں ہے، جس نقص کو میرے نام سے منسوب کیا جاتا ہے وہ دراصل موجودہ نظام کا نقص ہے'۔''

''کیا صرف افسانے ہی لکھے تھے یا کچھ اور کام وغیرہ بھی کیا ہے؟''

بہرام کی دل چسپی اچانک سعادت حسن منٹو میں بڑھ گئی۔فہیم مسکرایا اور بولا:

''افسانوں کے بیس سے زائد مجموعے، ریڈیو کے لیے متعدد ڈرامے، مضامین لکھنے کے علاوہ منٹو کئی رسائل اور جرائد سے وابستہ تھے۔گیارہ کے قریب فلموں کی کہانیاں تحریر کیں اور انگریزی ناولوں کے اردو میں ترجمے بھی کیے۔''

''توبہ۔۔۔اتنا باصلاحیت تخلیق کار اور ہم اُسے فحش نگاری کے الزام میں ملوث کر کے پزیرائی سے دور بھاگ رہے ہیں۔'' بہرام بے ساختہ بولا۔

''جی۔ہمارا المیہ ہے کہ ہم زندگی میں سراہنے کی بجائے مرنے کا انتظار کرتے ہیں تاکہ اعلیٰ پیمانے پر شاباشی دے سکیں۔منٹو واحد ادیب ہیں، جو اپنی وفات کے کئی دہائیوں بعد بھی اُسی شدت سے مقبول ہیں، جس طرح وہ اپنی زندگی میں مشہور تھے۔''

فہیم کے جواب نے بہرام کو چند لمحوں کے لیے خاموش کر دیا۔فہیم نے ایک بار پھر لب کشائی کی۔

''منٹو کی پچاسویں برسی پر محکمہ ڈاک نے یادگاری ٹکٹ جاری کیا تھا۔ جب کہ 2012 میں نشانِ امتیاز بعد از

مرگ عطا کیا گیا۔"

"مجھے کچھ مشہور کتابوں کے نام بتا سکتے ہو؟ میری خواہش ہے کہ اپنے کتب خانے کے لیے خریدوں۔" بہرام نے فہیم کی آنکھوں میں گھورتے ہوئے پوچھا۔

بہرام کے سوال نے فہیم کو چونکا دیا۔

فہیم نے کچھ دیر کے لیے کمرے کی چھت کی جانب دیکھا اور پھر بولنے لگا۔

"مشہور کتب میں آتش پارے (1936)، منٹو کے افسانے (1940)، دھواں (1941)، کالی شلوار (1941)، منٹو کے مضامین (1942)، چغد (1948)، کھول دو (1948)، لذت سنگ (1948)، خالی بوتلیں، خالی ڈبے (1950)، ٹھنڈا گوشت (1950)، نمرود کی خدائی (1950)، بادشاہت کا خاتمہ (1950)، یزید (1951)، سڑک کے کنارے (1953)، اوپر نیچے اور درمیان (1954)، برقعے (1955)، پھندنے (1955)، بغیر اجازت (1955)، ٹوبہ ٹیک سنگھ (1955)، شکاری عورتیں (1955)، سرکنڈوں کے پیچھے (1955)، رتی، ماشہ، تولہ (1956) شامل ہیں۔"

بہرام کی آنکھیں کھل چکی تھیں۔

سعادت حسن منٹو کے افسانوی مجموعے کے ناموں نے اُسے حیرت زدہ کر دیا تھا۔

اچانک فہیم نے گفتگو کا رخ بہرام کے پسندیدہ موضوع کی جانب موڑا۔

"تمھیں فلمیں دیکھنے کا شوق ہے، اگر کبھی وقت ملے تو سعادت حسن منٹو پر بنائی گئی فلموں کو دیکھنا تاکہ تمھیں اندازہ ہو کہ منٹونیت کس بلا کا نام ہے۔ منٹو کے نام سے پاکستان اور بھارت میں فلمیں بنائی گئی ہیں جو سعادت حسن منٹو کی زندگی کے گرد گھومتی ہیں۔ منٹو (2015۔ پاکستانی اردو فلم) اور منٹو (2018۔ بھارتی فلم) تمھیں سعادت حسن منٹو کو سمجھنے میں مدد دیں گی اور پھر تمھارے جیسے لوگوں کی سوچ بدلے گی کہ تخلیق کار کبھی فحش نگار نہیں ہو سکتا ہے بل کہ سوچ فحش ہوتی ہے جو مواد کو اپنے آئینے سے پرکھتی ہے۔" فہیم کے جواب نے بہرام کو پرجوش کر دیا۔

"ٹھیک ہے۔ فلموں کی حد تک تو منٹو کو سراہا گیا ہے۔ لیکن کیا اُن کی تخلیقات کو بھی زیرِ بحث لایا گیا ہے؟" بہرام کے سوال نے فہیم کو احساس دلوایا کہ رفتہ رفتہ وہ درست راہ پر گامزن ہو رہا ہے۔

’’جی ہاں۔منٹو کے متنازع افسانے (محمد احسن بٹ) کے علاوہ ڈاکٹر طاہر عباس نے منٹو پر بے شمار کام کیا ہے۔ اِن کی منٹو پر کئی کتب منظر عام پر آئی ہیں جیسا کہ منٹو فلمیں،ٹوبہ ٹیک سنگھ کا منٹو،منٹو شاریہ،منٹو ڈرامے،منٹو خاکے،منٹو عورتیں بغیر عنوان کے منٹو،کہاں سعادت حسن منٹو پاکستان میں منٹو شناسی کی روایت قابل ذکر ہیں۔اِس کے علاوہ رسائل کے خاص نمبر بھی منظر عام پر آئے ہیں جیسا کہ ماہنامہ ’’نقوش‘‘ لاہور مدیر:محمد طفیل (شمارہ 49۔50)1955ء،ماہنامہ ’’افکار‘‘ کراچی مدیر:صہبا لکھنوی مارچ اپریل 1955ء،ماہنامہ ’’شاعر‘‘ بمبئی مدیر :اعجاز صدیقی مارچ اپریل 1955ء،گل خنداں لاہور مدیر :عبدالرؤف شمارہ 6۔ جلد 6، 1955ء،ماہنامہ پگڈنڈی۔امرتسر مدیران: باوامہندر/ امریک آنند اپریل مئی 1955ء، ’’نقش‘‘ کراچی مدیر: شاہد احمد دہلوی 1955ء، ماہنامہ ’’ادبی‘‘ دہلی مدیر: رحمٰن نیرّ 1977ء، قافلہ۔ لاہور مدیر: سید قاسم محمود جنوری/فروری 1980ء،شعور۔ 4 دہلی مدیر: بلراج منیرا۔ مارچ 1980ء،حرفِ جعفر۔فیصل آباد مدیر: ڈاکٹر جعفر حسن مبارک جلد نمبر 10 شمارہ 4-5 اہم ترین دستاویز شمار ہوتی ہیں۔‘‘

’’اوہو۔۔۔میں یہ جاننا تو بھول ہی گیا کہ منٹو کی پیدائش کب ہوئی تھی۔‘‘

بہرام نے سر پر ہاتھ مارتے ہوئے پوچھا۔

’’پگلے! سعادت حسن کا جنم متحدہ ہندوستان کے ضلع لودھیانہ میں 9 مئی سنہ 1912 کو ہوا۔18 جنوری سنہ 1955 کو دنیا فانی سے رخصت ہوئے۔‘‘

فہیم نے آنکھوں کی نمی کو صاف کرتے ہوئے جواب دیا۔بہرام نے جواب سنتے ہی اسمارٹ فون کو ہاتھوں میں تھام کر تیزی سے انگلیاں چلانے لگا۔

فہیم خاموش تھا۔

اچانک بہرام کی آواز کمرے میں گونجی اور فہیم کے چہرے پر مسکراہٹ پھیل گئی۔

سعادت حسن منٹو کے لکھے گئے مضمون ’مجھے شکایت ہے‘ کو بہرام دھیرے دھیرے پڑھ رہا تھا۔

’’مجھے شکایت ہے۔۔۔ مجھے ہر اُس چیز سے شکایت ہے جو ہمارے قلم اور ہماری روزی کے درمیان حائل ہے۔مجھے اپنے ادب سے شکایت ہے جس کی کنجی صرف چند افراد کے ہاتھ میں دے دی گئی ہے۔ادب کی کنجی پریس ہے۔جس پر چند ہوس پرست سرمایہ داروں کا قبضہ ہے۔چند ایسے تاجروں کا قبضہ ہے جو ادب سے اتنے ہی دور ہیں جتنے کہ وہ تجارت کے نزدیک۔مجھے شکایت ہے اُن ناشروں سے جو کوڑیوں کے دام تصانیف

خرید تے ہیں اور اپنی جیبوں کے لیے سیکڑوں روپے اکٹھے کر لیتے ہیں۔ جو سادہ لوح مصنفین کو نہایت چالا کی سے پھانستے ہیں اور اُن کی تصانیف ہمیشہ کے لیے ہڑپ کر جاتے ہیں۔''

''منٹو۔زندہ باد۔''

فہیم جوشیلے انداز میں نعرہ لگایا۔

بہرام نے مسکراتے ہوئے میز پر رکھے گئے منٹو کے افسانوی مجموعے ''کالی شلوار'' کی جانب ہاتھ بڑھایا، منٹو کے ایک اور نقاد کو منٹونیت نے اپنی گرفت میں کر لیا تھا۔

☆............☆

جی دار

’’مجھے بہت ڈر لگ رہا ہے۔ وہ لوگ مجھے ماردیں گے۔‘‘

عبداللہ سر پر ہاتھ رکھتے ہوئے بولا۔

’’جب تم نے کچھ نہیں کیا ہے تو پھر ڈرنے کی کیا ضرورت ہے۔‘‘

مصطفیٰ نے عبداللہ کے کندھے پر ہاتھ رکھتے ہوئے تسلی دی۔

’’یار۔۔۔دراصل۔۔۔بات یہ ہے کہ سچ بولنا جرم ہے۔۔لوگ سچے انسان کو کہاں زندہ رہنے دیتے ہیں۔‘‘

عبداللہ نے حوصلہ افزائی ملنے پر خوداعتمادی سے جواب دیا۔

’’تمھیں کتابیں پڑھنے کا شوق ہوتا تو یہ بات جانتے کہ سچ بولنے والے جی دار ہوتے ہیں، وہ مرنے سے نہیں ڈرتے ہیں۔تم نے تو سن رکھا ہوگا کہ جو ڈر گیا، وہ مر گیا۔‘‘

مصطفیٰ نے عبداللہ کو سمجھانے کی کوشش کی۔

’’جی دار۔۔۔یہ نام تو کچھ سنا ہوا لگ رہا ہے۔‘‘عبداللہ بولا۔

’’بالکل۔کچھ دن پہلے میں نے ذوالفقار علی بخاری کی نئی کتاب’’جی دار‘‘ کا تذکرہ تم سے کیا تھا۔یہ اُن کی داستان حیات ہے جو میں نے کتاب کے نام کو دیکھتے ہی خرید لی تھی۔‘‘

مصطفیٰ نے مسکراتے ہوئے جواب دیا۔

’’ارے۔۔۔ابھی یاد آیا ہے کہ تم نے یہ داستان پڑھ کر کہا تھا کہ زندگی کو بہادری سے جینا چاہتے ہو تو ’’جی دار ‘‘پڑھو۔تم نے بزم پیغام، بہارہ کہوزون، اسلام آباد میں آٹھ جنوری 2023 میں ہونے والے کڈز میلے سے چار سو روپے میں خریدی تھی اور اِس کا سرورق نام کی مانند دلکش ہے۔‘‘

عبداللہ نے جوشیلے انداز میں تفصیلات بتائیں۔

’’بالکل۔درست کہ رہے ہو۔ میں نے اُس میلے میں سرائے اُردو پبلیکیشن کے اسٹال سے رعایتی قیمت

پر خریدی تھی۔ایک بات بتا دوں کہ ویسے اِس کی قیمت چھ سو روپے تھی۔اسے گھر بیٹھے رقم اور ڈاک کا پتہ بھیج کر منگوایا جا سکتا ہے۔،،مصطفیٰ نے انکشاف کیا۔

''سچی۔۔۔۔یار۔۔۔۔رقم اور ڈاک کا پتا کس نمبر پر بھیجنا ہے؟''عبداللہ نے پوچھا۔

''ایزی پیسہ نمبر یہ ہے03338631428۔''

مصطفیٰ نے مسکراتے ہوئے مطلوبہ نمبر آگاہ کیا۔

''ایک بات بتاؤ۔۔۔واقعی یہ پڑھنے کے لائق ہے یعنی کسی بھی انسان کے لیے مفید ہے؟''

مصطفیٰ نے دریافت کیا۔

''بالکل۔اِسے پڑھنے والے ضرور فائدہ اٹھائیں گے کہ عام فرضی کہانیوں کی بہ نسبت سچی داستان انسان کو زیادہ متاثر کرتی ہے۔اور وہ حقیقی داستانوں کو سن یا پڑھ کر زیادہ بہتر انداز میں زندگی جینے کی کوشش کرتا ہے۔یہ کہانیاں لکھنے والے کی اپنی داستان ہے تو یقینی طور پر متاثر کن ہو گی۔''

''ٹھیک ہے۔میں کل ہی اِس کو منگواتا ہوں۔''

عبداللہ نے مصطفیٰ کو جواب دیا اور اجازت لے کر گھر کی جانب چل دیا۔

☆..........☆

علم کا خزانہ

03232920497

03232920497

03232920497

فائزہ تیزی سے نمبر دہرائے جا رہی تھی۔

''یہ کن کا نمبر یاد کر رہی ہو فائزہ۔''

امی نے صحن میں کھڑی فائزہ کے پاس آ کر پوچھا۔

''وہ امی۔یہ نمبر۔۔۔'' فائزہ نے امی کی آنکھوں میں آئی حیرانی کو دیکھ کر خاموشی اختیار کر لی تو امی نے پھر سے سوال دہرایا۔

''امی! میں یہ نمبر گلدستہ ٹوٹ بٹوٹ کی خریداری کے لیے یاد کر رہی ہوں۔''

فائزہ نے سر جھکاتے ہوئے جواب دیا۔

''ارے۔۔۔اب کون سا خاص نمبر آ رہا ہے جو آپ پھر سے رسالہ خریدنے کی خواہش مند ہو رہی ہیں۔'' امی نے استفسار کیا۔

امی کے علم میں تھا کہ فائزہ کو رسائل کے خاص نمبر پڑھنے کا بہت شوق ہے تو اُنھوں نے اِسی وجہ سے دریافت کرنا مناسب سمجھا۔

''امی جی! اِس بار لائبریری نمبر آ رہا ہے اور کئی نامور قلم کاروں کی تحریریں شامل ہیں تو اِس وجہ سے لینا چاہ رہی ہوں۔''

فائزہ نے مسکراتے ہوئے جواب دیا اور انگلیوں کے اشارے سے رسالے کی قیمت بتائی۔

''تمھارے خرچے بڑھتے جا رہے ہیں، خیر ہے۔۔۔میں نے چوں کہ ایک زمانے میں لائبریری میں کام کیا

ہے تو اِسی وجہ سے اِس خاص شمارے کے لیے آپ کو ضرور رقم مل جائے گی۔"

امی نے مسکراتے ہوئے ہامی بھر لی۔

"میری ایک اور خواہش بھی پوری کر دیں۔" فائزہ نے ڈرتے ڈرتے اظہار کیا۔

"ایک فرمائش پوری نہیں ہوئی اور دوسری خواہش سامنے آ گئی ہے۔" امی نے ہنستے ہوئے کہا۔

فائزہ تیزی سے بولنے لگی۔

"امی! آپ جس لائبریری میں کام کرتی تھیں، اُن کے لیے بھی یہ خاص شمارہ تحفے کے طور پر عطیہ کریں۔"

فائزہ کی بات سنتے ہی امی جان نے جواب دیا:

"جی ضرور بیٹا۔ یہ کتب خانے کے حوالے سے معلوماتی رسالہ ہے تو ضرور دیں گے۔ بل کہ آپ تین رسائل منگوائیں۔ ایک اپنی دوست افراح کو بھی دیجیے تا کہ وہ کتب خانے کے حوالے سے معلومات پڑھ سکے۔"

"واہ۔ امی جی۔۔۔۔ بہت شکریہ۔"

فائزہ نے خوشی سے جواب دیا اور پھر امی کو گلے لگا لیا۔

فائزہ ٹیلی فون کی جانب بڑھی اور رسالے کے دفتر فون کر کے تین رسائل کی پیشگی بکنگ کروائی۔

فائزہ کو خوشی ہو رہی تھی کہ اِس بار اُسے کتب خانے کے حوالے سے ایسی معلومات ملیں گی جن سے وہ اپنی دوستوں پر علمیت جھاڑ سکے گی کہ اُس کے پاس علم کا خزانہ آ رہا تھا۔

☆............☆

پہلی سیڑھی

''یہ کیا۔۔۔ابو جی! آپ سارا دن مطالعہ کرتے رہتے ہیں۔''

رمضان نے کمرے سے باہر آتے ہی ایک بار پھر ابو کے ہاتھ میں کتاب دیکھ کر شکوہ کیا۔

''رمضان بیٹا! مطالعہ ہماری زندگی کو بدل سکتا ہے۔ ہر انسان کو علم حاصل کرنے کے لیے پڑھنا پڑتا ہے کہ کامیابی کی پہلی سیڑھی یہی علم ہے جو ہمیں ناکامی کے باوجود پھر سے کامیابی دلواتا ہے۔ آپ کے علم میں ہوگا کہ پہلی وحی جو نازل ہوئی تھی۔۔۔وہ بھی پڑھنے کے حوالے سے تھی۔''

ابوبکر صاحب نے جواب دیا تو وہ کچھ دیر کے لیے سوچنے لگا۔ پھر ایک دم سے بول اُٹھا۔

''بابا جی۔۔۔اُس کا مفہوم تو کچھ یوں ہے۔۔"پڑھو (اے نبی صلی اللہ علیہ وآلہ وسلم) اپنے رب کے نام کے ساتھ جس نے پیدا کیا۔ جمے ہوئے خون کے ایک لوتھڑے سے انسان کی تخلیق کی۔ پڑھو، اور تمھارا رب بڑا کریم ہے جس نے قلم کے ذریعے سے علم سکھایا، انسان کو وہ علم دیا جسے وہ نہ جانتا تھا۔"

''بہت خوب رمضان میاں۔۔۔آپ نے بالکل ٹھیک بیان کیا ہے۔''

ابوبکر صاحب مسکراتے ہوئے بولے۔

رمضان نے ابو جی کے ہاتھ میں کتاب کو غور سے دیکھتے ہوئے سوال کیا۔

''ابا جی! آج کیا پڑھ رہے ہیں۔''

''میں ''آپ بیتیاں'' پڑھ رہا ہوں۔''ابوبکر صاحب نے جواب دیا۔

''ہیں! آپ بیتیاں؟ یہ کیا ہوتی ہیں؟''رمضان نے بے قراری کا مظاہرہ کرتے ہوئے پوچھا۔

''آپ بیتی ایک ایسی تحریر کو کہتے ہیں جس میں مصنف اپنی زندگی کے مختلف واقعات کو قلم بند کرتا ہے اور اپنی ذات پر جو کچھ گزرے اُسے بلا کم و کاست بیان کرتا ہے۔ آپ بیتیاں ایک سے زائد افراد کے حالات زندگی کے مجموعے کا نام ہے۔ جس میں کئی رسائل کے مدیران اور قلم کاروں کی زندگی کی داستان ہے۔''

ابوبکر صاحب نے رمضان کو تفصیل بتائی تو اُس کے چہرے کا رنگ بدل گیا۔

''ابو جی! اِس کتاب میں کتنی آپ بیتیاں ہیں؟'' رمضان نے استفسار کیا۔

''اِس میں تیس نامور ادیبوں اور مدیران کی آپ بیتیاں ہیں۔''

ابوبکر صاحب نے رمضان کی بے چینی کو دور کرتے ہوئے آگاہ کیا۔

''ارے۔۔واہ! اِس میں وہ سب قلم کار ہوں گے جن کی کہانیاں میں شوق سے پڑھتا ہوں۔'' رمضان چہکتے ہوئے بولا۔

''جی بیٹا! اُن سب کی آپ بیتیاں ہیں۔ جب آپ میٹرک کا امتحان پاس کر لو گے تب اِس کتاب کو پڑھنا کہ کامیاب افراد کی زندگی سے بہت کچھ ایسا سیکھنے کو ملتا ہے جس سے ہم اپنے لیے کامیابی کے حصول کو آسان بنا سکتے ہیں۔ یہ ایک تاریخی کتاب ہے یوں سمجھ لو کہ میں نے اِسے خرید کر محفوظ کر لیا ہے۔ ایک نئی تاریخ رقم ہوئی ہے کہ اتنی بڑی تعداد میں لکھنے والوں کی آپ بیتیاں شائع ہوئی ہیں۔'' چوں کہ ابوبکر صاحب مطالعے کے شوقین تھے۔ اِس لیے اُنھوں نے رمضان کی دل چسپی دیکھتے ہوئے تفصیل سے جواب دیا۔

'' آپ درست فرما رہے ہیں۔ میں نے آپ کے کتب خانے کو دیکھا ہے جس میں کئی نامور ہستیوں کی سرگزشت کے مجموعے محفوظ ہیں۔ دل چسپ بات یہ ہے کہ باجی اور امی کے لیے اشرف بک ایجنسی، راولپنڈی سے کتب اور رسائل خریدتے ہیں۔ اِس بات کا علم کتب اور رسائل پر لگی مہر سے ہوا ہے۔''

رمضان نے جذباتی ہوتے ہوئے انکشاف کیا تو ابوبکر صاحب مسکرانے لگے۔

''آپ درست کہہ رہے ہو بیٹا۔ اشرف بک ایجنسی نصف صدی سے علم کے متلاشی افراد کے لیے بہترین علمی مواد فراہم کر رہی ہے۔''

ابوبکر صاحب نے رمضان کی معلومات میں اضافہ کرتے ہوئے جواب دیا۔

''ابو جی۔ مجھے اُن نامور ادیبوں اور مدیران کے نام تو آگاہ کر دیجیے۔ جن کی آپ بیتی '' آپ بیتیاں'' میں شامل ہیں۔'' رمضان نے دریافت کیا۔

''اِن نامور ادیبوں او مدیران میں نسیم حجازی، محمود شام، نذیر انبالوی، ڈاکٹر افضل حمید، نوشاد عادل، ڈاکٹر عبدالرّب بھٹی، امجد جاوید، خلیل جبّار، یاسمین حفیظ، عبداللہ ادیب، جاوید بسّام، عارف مجید عارف، محمد ناصر زیدی، عبدالصمد مظفّر پھول بھائی، نور محمد جمالی، صالحہ صدیقی، روبنسن سیموئل گل، ظہورالدین بٹ، حاجی

عبدالطیف کھوکھر، سید مظہر مشتاق، رؤف اسلم آرائیں، تسنیم جعفری، سید آصف جاوید نقوی، محمد اکمل معروف، علی عمران ممتاز، راحت عائشہ، فہیم زیدی، غلام زادہ نعمان صابری، رضیہ خانم اور ذوالفقار علی بخاری شامل ہیں۔"

ابوبکر صاحب نے ناموں کی تفصیل بتائی۔

"ٹھیک ہے بابا جی۔۔میں ان شاء اللہ میٹرک کے امتحانات سے فارغ ہو کر پڑھوں گا کیوں کہ مجھے جاننا ہے کہ لکھنے والوں کی اپنی زندگی کیسی ہوتی ہے۔لیکن میں سب سے پہلے"ناگن"اور"آشیانہ"نامی کتب کو پڑھنا چاہوں گا کہ اُن کے نام بہت منفرد لگے ہیں۔آپ ہی کہتے ہیں جو کچھ الگ دکھائی دیتا ہے،اُس میں کچھ خاص ہوتا ہے۔"رمضان بولا۔

"جیسا آپ کا دل کرے بیٹا۔یہ دونوں کتب تو میرے کتب خانے میں موجود ہیں۔"

ابوبکر صاحب نے جواب دیا اور پھر سے مطالعے میں مشغول ہو گئے۔

رمضان مطالعے کے لیے کمرے میں چلا گیا۔

ابوبکر صاحب نے"آپ بیتیاں۔حصہ دوم"کتاب کو از سر نو پڑھنا شروع کر دیا۔

☆..........☆

پھولوں کا دیس

''پھولوں کی نمائش سے مجھے کچھ یاد آ رہا ہے۔''

ماہین نے مسکراتے ہوئے ادیبہ، بسمہ، عائشہ اور جویریہ سے کہا۔

''مجھے بھی علم ہے کہ تمھیں کیا بتانا ہے۔'' اریج نے لقمہ دیا۔

''بھئی۔۔۔ سہ ماہی باغیچہ اطفال کا خاص نمبر آ رہا ہے جو کہ پھولوں کے حوالے سے ہے۔''

منشاء نے سسپنس ختم کرتے ہوئے سہیلیوں کو آگاہ کیا۔

''ارے۔۔۔ پگلی۔۔۔ صاف بتا دو کہ ''پھول نمبر'' آ رہا ہے اور ہمارے اسکول میں پھولوں کی نمائش لگ رہی ہے۔''

ماہین کے لہجے کی نقل اتارتے ہوئے جویریہ بولی۔

''سہ ماہی باغیچہ اطفال ہمارے اسکول میں پھولوں کی نمائش کے موقع پر دستیاب ہوگا۔''

مس فرح ناز اچانک کمرہ جماعت میں داخل ہوئیں اور اُنھوں نے کمرہ جماعت میں موجود طالبات کو حیران کر دیا۔

''واقعی۔۔۔۔ ہم اِسے خریدیں گے۔'' ادیبہ اور بسمہ یک بعد دیگرے بولیں۔

''مس۔۔۔ کہیں یہ منہگا نہ ہو۔۔۔ آپ کو علم ہے کہ آج کل رسائل بھی پہنچ سے دور ہو رہے ہیں۔''

عائشہ نے اداس لہجے میں کہا۔

''ہرگز نہیں۔ یہ صرف سو روپے میں مل جاتا ہے۔ جب کہ گھر بیٹھے دو سو روپے میں منگوایا جاسکتا ہے۔''

مریم نے گفتگو میں حصہ لیتے ہوئے آگاہ کیا۔

کمرہ جماعت میں تمام طالبات پرجوش ہو چکی تھیں کہ اُنھیں اِس خاص شمارے کی بدولت پھولوں کے حوالے سے دل چسپ معلومات، کہانیاں، مضامین، نظمیں اور پہیلیاں پڑھنے کو ملیں گی۔

☆☆☆

''محترمہ روبینہ صدیقی! آپ نے بہت اچھا کیا ہے جو اپنے اسکول میں پھولوں کی نمائش رکھی ہے۔'' گورنمنٹ گرلز ہائی اسکول نور محمد 1 قاسم آباد 2، حیدر آباد میں ہونے والی پھولوں کی نمائش میں شریک ایک خاتون بولیں۔

''میڈم۔ یہ میری والدہ ہیں۔'' ماہین نے ہیڈ مسٹریس کو مخاطب کرتے ہوئے کہا۔

''بہت شکریہ۔ ہماری کوشش رہتی ہے کہ ہم کچھ نہ کچھ ایسا کریں جس سے نونہالوں کو سیکھنے اور سمجھنے کا موقع ملے۔'' روبینہ صدیقی صاحبہ نے جواب دیا۔

''میری بیٹیوں نے بہت تعریف کی ہے کہ اسکول میں کتاب دوست بنانے کی مہم کامیابی سے جاری ہے۔ گھر میں اکثر مس فرح ناز کا تذکرہ ہوتا رہتا ہے جو بچوں کو اچھی کتب پڑھنے پر مائل کرتی ہیں۔''

شفاء اور مریم کی والدہ نے اسکول کی سربراہ کے گرد بچیوں اور والدین کو کھڑا دیکھا تو وہ تیزی سے قریب آئیں اور اُنھوں نے اپنے دل کی بات کہی۔

☆......☆

''ماہ نامہ پھول، لاہور کئی برس سے شائع ہو رہا ہے۔ ہمارے اسکول کی ہیڈ مسٹریس محترمہ روبینہ صدیقی کا پسندیدہ رسالہ ہے۔ جب کہ ہمارا پسندیدہ رسالہ ''باغیچہ اطفال'' ہے۔''

مس فرح ناز نے پھولوں کی نمائش ختم ہونے پر طلباء کو ''پھول نمبر'' اور چنبیلی کا پھول دیتے ہوئے بتایا تو سب کے چہرے کھل اٹھے۔

''ہالینڈ کو پھولوں کا دیس کہا جاتا ہے۔'' شفاء نے مسکراتے ہوئے مس فرح ناز کو آگاہ کیا۔

''ماہ نامہ باغیچہ، لکھنو، بھٹکل سے ماہ نامہ 'بچوں کا پھول'، رامپور سے ماہ نامہ ''جنت کا پھول'' اور ممبرا سے ''جنت کے پھول'' بچوں کے لیے شائع ہونے والے رسائل ہیں۔ گل پھل 1959 سے شائع ہونے والا بچوں کا پہلا سندھی رسالہ ہے۔''

محترمہ روبینہ صدیقی نے مس فرح ناز کی بات ختم ہونے پر طالبات کی معلومات میں اضافہ کرتے ہوئے آگاہ کیا۔ نمائش کے اختتام پر گھر واپس جاتے ہوئے طالبات کے ہاتھوں میں ''پھول نمبر'' اور چنبیلی کے پھول تھے۔ وہ سب یہی سوچتے ہوئے گھروں کو لوٹ رہی تھیں کہ اُنھیں کچھ ایسا کرنا ہے کہ پوری دنیا میں اُن کے اچھے کاموں کی مہک پھیل جائے جیسے پھولوں کی خوشبو دور دور تک محسوس کی جاتی ہے۔

☆......☆:

بچپن نگری

''تم ہر وقت کاروباری معاملات دیکھتے رہتے ہو، کبھی من پسند مشغلے سے بھی لطف اندوز ہو لیا کرو۔'' عدنان نے عامر سے کہا۔

''بچپن کے دن گزر گئے ہیں، اب تو زندگی گزارنی ہے اور اِسی مصروفیت کے ساتھ گزر جانا ہے۔''

عامر نے دائیں ہاتھ کو آسمان کی طرف بلند کرتے ہوئے کہا۔

''تم من موجی ہو، میں تو ابھی بھی بچپن میں ہوں۔'' عدنان نے ہنستے ہوئے کہا۔

''ارے! کیا کہہ رہے ہو۔۔۔تم بہت سمجھدار انسان ہو، تم تو ایسی بات نہ کرو۔''

عامر نے گہری سنجیدگی سے شکوہ کیا۔

''میں نے تو سچ کہا ہے کہ میں ابھی تک بچپن میں ہوں۔''

عدنان نے پھر سے دانت نکالے اور مسکراتے ہوئے کہا۔

''تم کہنا کیا چاہ رہے ہو؟'' عامر نے استفسار کیا۔

''ارے! میں واٹس ایپ ادبی محفل ''بچپن'' کی بات کر رہا ہوں۔ جسے 2020 میں تشکیل دیا گیا تھا اور اِس کارِخیر کے پیچھے ادبِ اطفال کی معروف شخصیت سراج عظیم کا ہاتھ ہے۔ جنھوں نے دنیا بھر کے ادیبوں کو ایک پلیٹ فورم پر جمع کیا۔ اور یہ موقع فراہم کیا کہ وہ ایک دوسرے کی تخلیقات کو نہ صرف سند پزیرائی دیں بل کہ ایک دوسرے کے تجربات سے مستفید ہوں۔ میں اِس محفل کا حصہ ہوں تو اِسی وجہ سے کہہ رہا تھا کہ میں ابھی تک بچپن میں ہوں۔''

عدنان نے ہنستے ہوئے عامر کو جواب دیا۔

''تم کبھی باز نہیں آؤ گے۔۔۔۔تمھاری یہی شوخی اور حسِ مزاح وہ عادت ہے جس کی بدولت ہماری دوستی قائم ودائم ہے۔'' عامر اپنے ادیب دوست عدنان کے کندھے پر ہاتھ رکھتے ہوئے بولا۔

''اچھی دوستی وہی ہے جو بچپن سے ہو اور پچپن تک جائے۔''

عدنان نے پھر ہنستے ہوئے جواب دیا۔

''بچپن! ابھی پچھلے دنوں میرے گھر میں ''بچپن کے رنگ'' نامی نظموں کی کتاب بہن لائی تھیں، غالباً روبینہ ممتاز روبی کی تھی۔ اُنھوں نے بھی سراج عظیم صاحب کی حوصلہ افزائی کا تذکرہ اپنے پیش لفظ میں کیا تھا۔ تمھاری سراج عظیم صاحب سے دوستی ہے تو خوشی کی بات ہے۔ راج محمد آفریدی کی کہانیوں کے مجموعے ''سورج کی سیر'' کا دوسرا ایڈیشن بھارت میں شائع کروا چکے ہیں۔ اِن کے علاوہ بھی کئی ادیبوں کی راہ نمائی اور حوصلہ افزائی کر چکے ہیں۔''

عامر نے عدنان کی خاموشی کا فائدہ اُٹھاتے ہوئے آگاہ کیا۔

''بچپن نگری'' میں ادیبوں کی دوستی ہوتی ہے تو پھر وہ قائم و دائم رہتی ہے کہ ادب کا فروغ سب کی خواہش ہے۔''

عدنان نے حسب معمول عامر کی بات کو دوسرے رنگ میں ڈالا اور اپنی بات کہہ دی۔

اِسی اثناء میں چائے آ چکی تھی۔

چناں چہ دونوں دوست چائے اور دیگر لوازمات سے لطف اندوز ہونے لگے۔

☆............☆

بہترین دوست

''موبائل فون کی بیٹری ختم ہو چکی ہے اور بجلی ہے نہیں۔ اب میں وقت کیسے گزاروں گا۔''

حسن نے افسردہ لہجے میں شکوہ کیا۔

''ارے۔ تم ایسا کیوں نہیں کرتے ہو کہ کوئی کتاب پڑھ لو۔ یہ تفریح کے ساتھ کچھ سکھائے گی۔'' محسن نے حسن کی شکل پر بارہ بجتے دیکھ کر مشورہ دیا۔

''کچھ خوف خدا کرو۔۔۔محسن کے بچے۔۔۔اِس دور میں کتاب کون پڑھتا ہے۔''

حسن نے محسن کی بات ختم ہوتے ہی ردعمل دیا۔

''دیکھو۔۔۔لکھنے والے تو لکھ رہے ہیں۔ ''خواب نگر''، ''انٹیک کار''، ''مہر النسا''، ''صدیوں کا آسیب''، ''کہانیوں کا حملہ'' انمول خزانہ''، ''قسمت کی دیوی''، ''تلاش گمشدہ'' اور ''جی دار'' میں نے پچھلے دو ماہ میں پڑھی ہیں اور بہت کچھ سیکھا ہے۔ میں نے مطالعے کے شوق کی وجہ سے ہی اسمارٹ فون نہیں خریدا۔ کیوں کہ میں سمجھتا ہوں کہ کتب شعور بیدار کرتی ہیں۔ اِس لیے موبائل فون پر وقت ضائع کرنے سے بہتر ہے کہ کتاب پڑھی جائے۔''

محسن نے مسکراتے ہوئے دلیل دی تو حسن کچھ سوچ میں پڑ گیا۔

چند لمحوں کی خاموشی کے بعد حسن نے لب کشائی کی۔

''تم درست کہہ رہے ہو۔ کتاب علم دیتی ہے اور علم بڑی دولت ہے جس کے پاس ہو وہ خوش نصیب ہوتا ہے۔''

''شکر ہے تمھیں میری بات کی سمجھ آ گئی ہے۔ میں نے جن کتب کا بتایا ہے۔۔۔وہ کب خریدنے چلیں گے؟'' محسن نے استفسار کیا۔

''ابھی کچھ دن ٹھہر جاؤ۔ میرے ایم۔ اے اُردو کے پرچے ہو رہے ہیں۔ امتحانات ختم ہو جائیں تو پھر سکون سے ''انٹیک کار'' ''مہر النسا''، ''صدیوں کا آسیب''، ''کہانیوں کا حملہ'' انمول خزانہ'' ''جی دار''، ''تلاش

گمشدہ‘‘اور’’قسمت کی دیوی‘‘ کو پڑھوں گا۔ پھر تمھیں اپنی رائے سے آگاہ کروں گا کہ یہ کتب کیسی لگی ہیں۔ میں جانتا ہوں کہ کتاب بہترین دوست ہوتی ہے، وہ ہماری غلط فہمیاں دور کرتی ہے اور حقائق سے بھی آگاہ کرتی ہیں۔‘‘

حسن نے کچھ سوچتے ہوئے جواب دیا۔

’’مجھے بے شک نہ بتانا لیکن جن ادیبوں نے لکھی ہیں۔ اُن تک اپنی رائے پہنچا دینا تاکہ اُنھیں اپنی خوبیوں اور خامیوں سے آگاہی ہو سکے۔ تمھیں تو علم ہے کہ ہر کسی کو حوصلہ افزائی کی ضرورت رہتی ہے اِس لیے ایسا کرنا چاہیے تاکہ لکھنے والوں کو اندازہو سکے کہ اُن کے لکھے میں کہاں بہتری کی گنجائش ہے۔‘‘

محسن نے جوں ہی بات ختم کی حسن نے سر ہلاتے ہوئے ہامی بھرلی۔

’’ٹھیک ہے۔ میں ایسا ہی کروں گا۔ ابھی مجھے گھر واپس جانا ہے۔ تمھارے گھر آئے کافی دیر ہو چکی ہے۔ امی جان میرا انتظار کر رہی ہوں گی۔ میں نے اُن کے ساتھ ہسپتال جانا ہے اور ایک عزیز کی عیادت بھی کرنی ہے۔‘‘

یہ کہ کر حسن چائے کا کپ ختم کرتے ہی اُٹھ کھڑا ہوا۔

محسن اُسے دروازے تک چھوڑنے آیا۔

گھر واپسی تک حسن کے ذہن میں ’خواب نگر‘‘، ’’انٹیک کار‘‘، ’’مہر النسا‘‘، ’’صدیوں کا آسیب‘‘، ’’کہانیوں کا حملہ‘‘انمول خزانہ‘‘، ’’جی دار‘‘، ’’تلاش گمشدہ‘‘اور’’قسمت کی دیوی‘‘ کے نام گونج رہے تھے۔

☆............☆

پہلی چاہت

''تیز دھوپ میں کہاں کھیلنے جار ہے ہو؟''

امی نے عاقب کو گھر سے باہر جاتے دیکھ کر پوچھا۔

''گھر میں رہ کر مجھے سکون نہیں ملتا ہے۔۔۔اِس لیے باہر جانا چاہتا ہوں۔''

عاقب نے مسکراتے ہوئے جواب دیا۔

''شرم کرو۔۔۔۔یہ بھول جاؤ کہ ہم تمھیں امریکہ جانے کی اجازت دیں گے۔''

امی نے بات کو سمجھتے ہوئے جواب دیا۔

کچھ دن پہلے عاقب نے ضد کی تھی کہ اُسے اچھی تعلیم حاصل کرنے کے لیے امریکہ جانا ہے۔عاقب کی باہر جانے کی خواہش تو پوری نہیں ہوئی۔لیکن ہیوی بائیک سالگرہ کے تحفے کے طور پر دے دی گئی تھی۔

عاقب اب بہانے بہانے سے گھر سے باہر نکلتا تھا تا کہ شہر بھر کی سیر کر سکے۔

''امی جان۔آپ ابھی تو جانے دیں، بابر اور امجد بھی دبئی سے آئے ہوئے ہیں، اُن سے ملاقات ہو جائے گی۔''

عاقب نے امی کو رام کرنے کی کوشش کی۔

''اچھا۔۔۔۔ٹھیک ہے لیکن ایسے نہیں جاؤ۔''امی نے مسکراتے ہوئے روکا۔

''ایسے نہیں تو پھر کیسے۔''

عاقب نے آنکھوں پر ہاتھ مارتے ہوئے کہا۔

''ارے! پگلے۔۔۔تم بھول گئے ہو کہ چودہ اگست آنے والی ہے تو اپنی ہیوی بائیک کو سجانے اور گھر بھر کے لیے ہری ہری جھنڈیاں لے آؤ اور Mitochon فیس واش بھی خرید لاؤ۔''

امی نے پانچ ہزار کا نوٹ دیتے ہوئے تجویز دی۔

عاقب نے تیزی سے پیسے لیے اور موٹر بائیک اسٹارٹ کرنے لگا۔

☆☆☆

''بہت پیارے لگ رہے ہو۔''

بہرام نے آنکھ مارتے ہوئے کہا۔

''مکھن نہ لگاؤ۔ یہ Mitochon فیس واش کا کمال ہے۔''

ہیوی بائیک پر سوار عاقب نے بہرام کے کان کو کھینچ کر کہا۔

بہرام نے Mitochon فیس واش عاقب سے لے کر چہرہ دھوتے ہوئے چیخا۔

''Mitochon فیس واش سے پیار۔۔ چہرے پر نکھار۔''

عاقب ہنسا اور بولا۔

''میرا پہلا پہلا پیار۔۔۔ Mitochon فیس واش۔''

کچھ لمحوں بعد دونوں دوست گھر سے بازار پہنچ چکے تھے تاکہ کچھ گھریلو سامان خرید سکیں۔

☆..........☆

لمحات کا سفر

''اب کون سی کتاب لے کر آئے ہو؟''

ابرار نے وقاص کے ہاتھ میں نئی کتاب دیکھ کر سوال کیا۔

''تمھیں میری کتب بینی سے محبت کیوں اچھی نہیں لگتی ہے۔'' وقاص نے پوچھا۔

''دنیا چاند پر پہنچ گئی ہے اور ایک تم ہو جو نئی کتب خریدنے کے لیے کتاب میلے کا رخ کرتے ہو۔''

ابرار نے مسکراتے ہوئے کہا۔

''تمھیں علم ہے کہ میں جس دفتر میں کام کرتا ہوں۔ وہاں کتنے لوگ ایک دوسرے کی لگائی بجھائی کرتے ہیں۔ میں اُن کے رویے سے مایوس ہوں۔ اِس لیے فراغت کے لمحات میں کوئی نہ کوئی کتاب اُٹھا کر پڑھنا شروع کر دیتا ہوں تا کہ میں کسی کی برائی نہ سن سکوں۔''

وقاص نے ابرار کو اپنی جانب سے مطمئن کرنے کی کوشش کی۔

''کتاب پڑھتے وقت بھی تو اُن کی باتیں کانوں میں رس گھولتی ہوں گی۔''

ابرار نے معصومیت سے پوچھا۔

''میری توجہ کتاب پڑھنے پر رہتی ہے اِس لیے میں زیادہ فکر مند نہیں ہوتا ہوں۔ نماز کے دوران بھی تو خیالات منتشر ہو جاتے ہیں۔ اگر دفتری اوقات میں لوگوں کی باتوں سے ایک لمحے کے لیے توجہ نہیں رکھ پاتا ہوں تو دوسرے لمحے کتاب کے مواد پر دھیان ہو جاتا ہے۔''

وقاص نے ابرار کو جواب دیا تو اس نے کتاب اٹھائی اور نام بڑ بڑانے لگا۔

''لمحات کا سفر''

''یہ افسانوی مجموعہ ہے جسے روشنیوں کے شہر کراچی سے تعلق رکھنے والی طلعت نفیس نے لکھا ہے۔ اِس میں معاشرے کے تلخ و شیریں حقائق دل چسپ پیرائے میں بیان ہوئے ہیں۔ اِسے سرائے اردو پبلی کیشن نے

شائع کیا ہے۔ایک اور نئے ادیب کی کتاب اِس ادارے سے شائع ہوئی ہے۔'' وقاص نے ابرار کو کتاب اٹھاتے دیکھا تو اُسے بتایا۔

''کتاب اچھی لگ رہی ہے۔ جب تم پڑھ لو تو مجھے دے دینا، میں نے اِسے پڑھنا ہے۔''

ابرار نے مسکرا کر اجازت طلب کی۔

''ارے!تم پہلے پڑھ لو، میری خیر ہے۔'' وقاص نے کھلے دل کے ساتھ اجازت دی۔

''مجھے جلیل کو سالگرہ کے تحفے کے طور پر''لمحات کا سفر''ہی دینی ہے۔اِسے کیسے حاصل کر سکتے ہیں۔'' ابرار نے استفسار کیا۔

''آپ اِسے موبائل نمبر 03312389750 پر رابطہ کر کے منگوا سکتے ہیں۔''

وقاص نے جواب دیا۔

''بہت شکریہ۔میں دیکھتا ہوں کہ 'لمحات کا سفر'' کے ساتھ میرا وقت کیسے گزرتا ہے۔''

ابرار نے طلعت نفیس کے افسانوی مجموعے ''لمحات کا سفر'' کا سرورق گھورتے ہوئے جواب دیا اور سرسری مطالعے میں مصروف ہو گیا۔

☆..........☆

کوئل کی دانائی

''میرے تینوں بچے پڑھائی میں دل چسپی نہیں لے رہے ہیں۔''

خالہ صغراں نے مجھے اخبار پڑھتے دیکھ کر اعتراض کیا۔

''کچھ دن پہلے تک سب ٹھیک تھا؟'' میں نے چائے کا کپ میز سے اُٹھاتے ہوئے جواب دیا۔

''اُن دنوں یہ منحوس شے ہمارے گھر میں نہیں آئی تھی۔'' خالہ صغراں نے میرے قیمتی اسمارٹ فون کی طرف اشارہ کیا تو میں سمجھ گیا کہ وہ کیا کہنا چاہ رہی ہیں۔

''کیا آپ چاہتی ہیں کہ سلیمان، شاہ زیب اور سارہ میں مطالعے کا شوق پیدا ہو۔''

میں نے خالہ صغراں سے پوچھا تو وہ بولیں۔

''یوٹیوب پر عجیب وغریب کارٹونز دیکھنے والے بچے کیوں کہانیوں والی کتب یا رسائل کو پڑھنا پسند کریں گے۔ یہ سب تو پرانے زمانے میں اچھا لگتا تھا۔''

''خالہ جی! آج بھی کچھ ایسے کہانی نویس موجود ہیں جو دور حاضر کے نونہالوں کو کتب بینی پر مائل کر سکتے ہیں۔ میں ایک ایسی کہانی نویس کو جانتا ہوں جو بچوں کی نفسیات سے نہ صرف واقفیت رکھتی ہیں بل کہ وہ بطور استاد نونہالوں کی کتاب سے دوستی کروانے میں کامیابی حاصل کر رہی ہیں۔''

میں نے خالہ کو راضی کرنے کی کوشش کی۔

''واقعی! ایسی کوئی استانی آج کے دور میں ہے؟ مجھے تو باجی شمیم یاد آ گئی ہیں جو ہمیں مثبت سوچ کے ساتھ جینے کے لیے کتب پڑھنے کا مشورہ دیا کرتی تھیں۔ یہ بتاؤ کہ یہ کہانی نویس کون ہے۔ جس کی بات کر رہے ہو، مجھے اُن سے ملنا ہے۔'' خالہ صغراں نے کچھ سوچتے ہوئے پوچھا۔

''اِنھیں تو آپ جانتی ہو۔'' میں نے ایک بار پھر مسکراتے ہوئے جواب دیا۔

''ارے۔۔۔ یہ کیا کہ رہے ہو۔''

خالہ حیران ہو چکی تھیں۔

''اپنی ببلی باجی کہانیاں لکھتی ہے۔''

میں نے مسکرا کر کہا تو خالہ اچھل پڑیں۔

''ببلی! ببلی! ارے۔۔وہ قمر صاحب کی بیٹی فاکہہ قمر؟''

خالہ کی آنکھیں حیرت سے کھل چکی تھیں۔

''امی! کیا واقعی ببلی باجی کہانیاں لکھنے لگی ہیں؟''

سارہ نے سوال کیا تو خالہ صغراں نے جواب دیا۔

''جی ہاں۔''

سارہ، شاہ زیب اور سلیمان اسکول سے گھر آ چکے تھے۔تینوں نے اپنی امی کی بات سن لی تھی۔

''مجھے حیرت ہے کہ وہ اتنی باصلاحیت ہے۔'' خالہ صغراں کو ابھی تک یقین نہیں آ رہا تھا کہ اُن کی گود میں کھیلنے والی بچی اب کہانی نویس بن چکی ہے۔

''آپ سب تیار ہو جائیں۔میں کچھ دنوں میں فاکہہ قمر کی بچوں کے لیے دل چسپ اور مزے دار کہانیوں کی نئی کتاب ''کوئل کی دانائی'' لے کر آؤں گا۔میں کوشش کروں گا کہ اِن کی پہلی کتاب ''انمول خزانہ'' بھی لا سکوں۔جسے بچوں نے بے پناہ پسند کیا ہے۔''

میں نے ابھی بات مکمل کی ہی تھی کہ شاہ زیب بول اُٹھا۔

''زلفی بھائی۔۔آپ ایسا کریں کہ ہم تینوں کے لیے ایک ایک کتاب لے آئیں، ورنہ ہم آپس میں لڑتے رہیں گے۔ببلی باجی کی کتاب تو ہم ضرور شوق سے پڑھیں گے۔'' سلیمان بولا۔

''ہوسکتا ہے کہ کتاب کی قیمت زیادہ ہو تو ایک کافی ہے۔'' خالہ صغراں بولیں۔

''ارے۔۔نہیں! ''کوئل کی دانائی صرف 400 میں مل جائے گی۔سرائے اردو پبلی کیشن سے دسمبر 2023 کے آخری ہفتے میں ''کوئل کی دانائی شائع ہو جائے گی۔میں اِن کے ایزی پیسہ نمبر (03338631428) پر آج ہی رقم ارسال کر کے ''کوئل کی دانائی'' کی تین کاپیاں محفوظ کروا لوں گا، یہ میرا وعدہ ہے۔''

میں نے اپنی بات مکمل کر کے گھڑی پر وقت دیکھا تو عشاء کی نماز کا وقت قریب آ چکا تھا۔

میں نے خالہ صغراں اور بچوں سے اجازت چاہی اور مسجد کی جانب رخ کر لیا۔

☆..........☆

املتاس کے پتے

''میں سوچ رہا ہوں کہ اپنی شاعری کو کتابی صورت میں منظر عام پر لے آؤں۔''
فاضل فروغی نے مسکراتے ہوئے کہا۔
''لگتا ہے تمھیں بھی بہرام علی وٹو کی طرح کچھ کر دکھانے کا شوق ہو رہا ہے۔''
شہباز نے فاضل کے کندھوں پر ہاتھ رکھتے ہوئے کہا۔
''جب انسان میں کچھ ہو تو اُسے منوانے کی کوشش کرنی چاہیے۔''
فاضل فروغی نے جواب دیا۔
''تمھیں اپنی کتاب سرائے اردو پبلی کیشن سے شائع کروانی چاہیے۔''
عثمان نے مداخلت کی۔
''کہیں یہ لوٹ مار تو نہیں کرتے ہیں؟'' فاضل فروغی نے مسکراتے ہوئے گہری بات کی۔
''حقیقی ادیب دوسروں کے درد میں اضافہ نہیں کرتے ہیں بل کہ اُن کے زخموں پر مرہم رکھنے کی کوشش کرتے ہیں۔ یہ ادارہ ادیبوں کی بھلائی کے لیے کام کر رہا ہے اور اِس کے پیچھے مخلص ادیب ہیں تو اِسی وجہ سے یہ رفتہ رفتہ کامیابی حاصل کر رہا ہے۔''
باسط نے لقمہ دیا۔
''ستمبر 2022 کے بعد سے یہ ادارہ منفرد موضوعات کی کئی کتب شائع کر چکا ہے۔عیشاء صائمہ، سحرش اعجاز، فاکہہ قمر، عرفان حیدر، شائل عبداللہ، ام محمد پاکستانی، ذوالفقار علی بخاری، شہلا خضر، ہما اسلم، رحمت عزیز چترالی، عصمت اسامہ، بہرام علی وٹو، انور ظہیر رہبر، عشرت معین سیما، محمد فیصل علی، محمد احمد انصاری، دانیال حسن چغتائی اور کئی دیگر ادیبوں کی کتب شائع کر چکا ہے۔تمھاری اِسی ادارے سے کتاب شائع ہوئی تو اُن ناموں میں فاضل فروغی بھی شامل ہو جائے گا جس کی کتاب سرائے اردو نے شائع کی ہو گی۔'' شہباز نے مسکراتے ہوئے کہا۔

''اِس ادارے سے رابطہ کیسے کیا جا سکتا ہے؟'' فاضل فروغی نے استفسار کیا۔

'' آپ ادارے کی سی ای او فاکہہ قمر یا سرائے اردو کے ای میل saraiurdupublications@gmail.com کے ذریعے معلومات حاصل کر سکتے ہو اور شائع ہونے والی کتب کی تفصیلات اِن کے فیس بک پیج سے دیکھ سکتے ہو۔''

باسط نے فاضل فروغی کو بتایا۔

''اچھا۔۔ یہ وہ ادارہ ہے جس نے کراچی سے تعلق رکھنے والی شہلا خضر کی ''املتاس کے پتے'' شائع کی ہے۔ پہلے اِن کی کتاب پڑھنی ہے، اُس کا معیار دیکھ کر اپنی شاعری کا مجموعہ شائع کروانے کا فیصلہ کروں گا۔ میں نے اِن کی تحریریں پڑھ رکھی ہیں۔ مجھے یقین ہے کہ اِن کا افسانوی مجموعہ مایوس نہیں کرے گا۔ اگرچہ اِس کی قیمت سات سو روپے ہے۔لیکن اِس کے بدلے جو ملے گا، وہ انمول ہوگا۔'' فاضل فروغی نے جواب دیا۔

''بقول شہلا خضر کے''املتاس کے پتے" اُن افسانوں پر مشتمل ہے جس کے کردار اسی مٹی کی خوشبو میں موجود ہیں۔ اِن کرداروں کو ڈھونڈنے کے لیے کہیں سات سمندر پار یا پریوں کے دیس نہیں جانا پڑے گا یہ تو آپ کے آس پاس ہی بستے ہیں، یہ آپ کو اپنی ذات میں براجمان نظر آئیں گے، گویا یہ آپ ہی ہیں۔ یہ کردار کبھی آپ کے چہرے پر مسکراہٹیں بکھیریں گے اور کبھی آنکھیں نم کر دیں گے۔ اِن کرداروں کی امنگیں اور آرزوئیں آپ کو جینے کا حوصلہ دیں گی اور کبھی اِن کی محبت کی تپش سے دل بھی حرارت کشید کریں گے، کہیں ممتا کی مہک سے فضا پاکیزگی کا لبادہ اوڑھ لے گی اور کہیں کسی کی وفا کا انداز آپ کو تسکین دے گا اور کہیں ارض پاک کی خاطر دی گئی قربانی آپ کو رشک وفخر سے سرشار کر دے گی۔''

عرفان حیدر نے اپنی بات ختم کر کے دوستوں کی طرف دیکھا تو سب مسکرا رہے تھے۔

''کتاب کا نام منفرد ہے، یقینی طور پر تحریروں کا ذائقہ بھی لاجواب ہوگا۔'' شہباز بولا۔

''ہاں! بھئی شادی ہو یا کتاب کی اشاعت کا مسئلہ ہو، معاملات کو اچھی طرح سے سمجھ کر فیصلہ کرنا چاہیے۔اور ویسے بھی تخلیقات کا معیار اور بہترین پیش کش ہمیشہ متاثر کرتی ہے۔''

باسط نے اپنی بات ختم کی تو فاضل فروغی ''املتاس کے پتے'' منگوانے کے لیے مطلوبہ نمبر ڈائل کر چکا تھا۔اُسے یقین تھا کہ خوب صورت کتاب بہت جلد اُس کے کتب خانے کا حصہ بن جائے گی۔

☆............☆

انمول دعائیں

’’حضرات! ایک ضروری اعلان سماعت فرمائیں۔ حاجی اللہ بخش کے والد، اللہ وسایا کے چچا، اللہ رکھا نمبردار کے بھائی نصیر اللہ بابران رضائے الٰہی سے وفات پا چکے ہیں۔ اِن کا نمازہ جنازہ بعداز نمازِ عصر جنازہ گاہ نزد ٹاؤن ہال ادا کیا جائے گا۔ اہلِ محلّہ سے درخواست ہے کہ شریک ہوکر ثواب دارین حاصل کریں۔ شکریہ۔‘‘

مسجد سے ہونے والے اعلان کے ختم ہوتے ہی احمد بلال نے سوال کیا۔

’’ابو جی! کیا ہم نمازِ جنازہ میں شرکت کریں گے؟‘‘

احمد بلال نے اپنے والد سے پوچھا۔

’’کیوں نہیں۔ چلیں گے۔‘‘

احمد بلال کے والد نے جواب دیا۔

☆☆☆

’’باجی! مجھے ابو جی کے ساتھ قبرستان جانا ہے۔ مجھے آج جلدی چھٹی دیجیے گا۔‘‘

احمد بلال نے ٹیوشن پڑھانے والی استانی فرزانہ سے کہا۔

’’یہ بتاؤ کیا تمھیں قبرستان میں جانے کی دعا آتی ہے؟‘‘

باجی نے سوال کیا۔

احمد بلال کے پاس کوئی جواب نہیں تھا۔

اُس کا منھ کھلا کا کھلا رہ گیا تھا کہ آج باجی فرزانہ نے کیا سوال کر دیا ہے۔

’’محسن اور تحریم آپ دونوں کیوں ہنس رہے ہو؟ کیا آپ کو یاد ہے؟‘‘

باجی نے استفسار کیا۔

محسن اور تحریم کی ہنسی تھم چکی تھی۔

’’احمد بلال! آپ قبرستان میں جائیں گے تو کیا کریں گے؟‘‘ باجی فرزانہ نے دریافت کیا۔

’’میں نے کیا کرنا ہے۔ میں جیسے نماز میں ابو جی کی نقل کرتا ہوں۔ نماز جنازہ کے لیے بھی تو ویسا ہی کروں گا۔‘‘ احمد بلال نے بے ساختگی سے کہا۔

’’کیا کہا؟ یہ کب سے کر رہے ہو؟‘‘

باجی فرزانہ دنگ رہ گئیں تھیں کہ احمد بلال کیا کرتا پھر رہا ہے۔

احمد خاموش رہا۔

باجی فرزانہ کچھ دیر کی خاموشی کے بعد احمد بلال، محسن اور تحریم سے بولیں۔

’’آپ قبرستان میں جانے، روزہ افطار کرنے، وضو شروع کرنے اور دیگر اہم دعاؤں کو یاد کرنے کے لیے مولانا محمد جنید صدیقی حقانی کی کتاب ’’انمول دعائیں‘‘ خریدیں۔ اِس میں آپ کو دعاؤں کے علاوہ نماز، وضو اور دیگر اہم معاملات کے حوالے سے ایسی معلومات ملیں گی جو ایک مسلمان کو جاننا بہت ضروری ہیں۔‘‘

’’میرے تو ابو جی کو بھی دعائیں یاد نہیں ہیں۔‘‘ تحریم کے منھ سے بے ساختہ نکلا۔

’’اِس میں شرمساری کی بات نہیں ہے۔ ابھی بھی وقت ہے۔ اُنھیں ’’انمول دعائیں‘‘ کے بارے میں بتائیں تا کہ وہ اور آپ اِس کتاب سے سیکھ سکیں۔‘‘

باجی فرزانہ نے تینوں بچوں کی طرف دیکھتے ہوئے کہا۔

’’ہم اس کتاب کو کیسے خرید سکتے ہیں؟‘‘ تحریم نے پوچھا۔

’’آپ ’’انمول دعائیں‘‘ صرف ایک سو پچاس روپے میں حاصل کر سکتے ہیں۔ اِس کے لیے آپ کو فون نمبر (03005158810) پر رابطہ کرنا ہوگا۔‘‘

باجی فرازانہ کی بات ختم ہوتے ہی احمد بلال، محسن اور تحریم نے جلدی سے اپنے بستے اٹھائے اور گھر کی طرف بھاگے۔ اُنھوں نے اپنی ڈائری پر ’’انمول دعائیں‘‘ منگوانے کے لیے رابطہ نمبر لکھ لیا تھا تا کہ آیندہ اُنھیں باجی فرزانہ کے سامنے شرمندہ نہ ہونا پڑے۔

☆..........☆

پانچ ہزار کا نوٹ

''بھائی جان! بزرگوار! پیاری بہن۔۔۔میرے پاس ہے آپ کے بچوں کا علاج۔''

''اگر آپ کا بچہ گھر میں ٹکتا نہیں ہے۔''

''اگر آپ چاہتے ہیں کہ بچے رہیں گھر پر اور آپ رہیں بے فکر۔''

''ایسے میں افشاں اقبال کی بچوں کے لیے لکھی گئی دل چسپ ،مزے دار اور انوکھی کہانیوں کی کتاب ہے اِس کا بہترین علاج۔''

''میں کوئی نقصان دہ شے نہیں فروخت کر رہا ہوں بل کہ یہ ہے اخلاق بہترین کرنے کا نسخہ۔''

''جی بھائی جان! جی بزرگوار! جی بہنا۔۔۔''

''پانچ ہزار کا نوٹ اور دیگر کہانیاں'' صرف 475 میں حاضر ہے۔''

''475روپے ایک، 475روپے دو، 475روپے تین۔''

''پانچ ہزار کا نوٹ اور دیگر کہانیاں۔''

''آپ کے لیے حاضر ہے۔''

'بہت شکریہ پیاری بہن! اِس سے آپ کے چاند کو ہو گا افاقہ۔''

ایک خاتون کو بس میں کتب فروخت کرنے والے نے کتاب تھماتے ہوئے کہا۔

''یہ ہے افشاں اقبال کا خوب صورت مجموعہ۔۔۔دیکھیں غور سے سرورق دیکھیں۔۔۔اِس میں ہیں پیاری پیاری 48 کہانیاں۔''

خوب صورت نوجوان نے دل چسپ انداز میں چلتی بس میں کہانیوں کی کتب فروخت کیں تو مجھے اندازہ ہوا کہ حلال رزق کمانے کے لیے نیت صاف ہو تو منزل آسان ہو جاتی ہے۔

''میرے پاس ابھی پیسے نہیں ہیں کیا یہ ''کتاب میلے'' میں مل جائے گی۔''

میں نے کتاب فروش نوجوان سے پوچھا۔

''جی ہاں! آپ اسے چلڈرن پبلیکیشنز، کراچی کے اسٹال سے 30 فی صد رعایت پر خرید سکتے ہیں۔''

میرے سوال کا جواب دیتے ہی خوب صورت کتاب فروش ناگن چورنگی کے اسٹاپ پر اتر گیا۔

اگلے روز میں کتاب میلے میں پہنچ چکا تھا۔

دل چسپ بات یہ ہے کہ میری جیب میں پانچ ہزار کا نوٹ تھا اور مجھے ''پانچ ہزار کا نوٹ۔اور دیگر کہانیاں'' کا مجموعہ خرید کر باقی رقم سے چھوٹی بہن کے لیے پیزا لانا تھا۔

☆..........☆

وہ خاص دن

''آپ کا پارسل آیا ہے۔''

ڈاکیے نے دروازہ کھلتے ہی سامنے آنے والی لڑکی سے کہا۔

''ہیں۔۔۔۔ ہیں۔۔۔۔ میرے نام پارسل کب سے آنے لگے ہیں۔''

لڑکی جس کا نام نگہت تھا۔

اُس نے حیرت سے ڈاکیے کو کہا۔

''آپ کا نام نگہت دختر اللہ رکھا ہے؟''

ڈاکیے نے استفسار کیا۔

''آپ نے نام تو درست لیا ہے لیکن ہوسکتا ہے کہ ناموں کی مماثلت ہوئی ہو۔''

نگہت کو یقین نہیں آرہا تھا کہ یہ پارسل اُس کے نام ہوگا۔

اُس وقت گھر پر کوئی نہیں تھا ورنہ اُس کی شامت آجانی تھی۔

''آپ کو یقین نہیں آرہا ہے تو پھر اِس پتے پر نظر ڈال لیں۔''

نگہت کی آنکھیں کھلی کی کھلی رہ گئیں تھیں کہ واقعی گھر کا پتا تو اِسی کا تھا۔

نجانے کس نے کیا بھجوایا تھا۔

اُس نے ناچاہتے ہوئے جلدی سے ڈاک وصول کی اور پھر تیزی سے دروازہ بند کردیا۔

اُس کا دل زور زور سے بج رہا تھا۔

اُسے سمجھ نہیں آرہی تھی کہ پارسل کھولنے پر کیا شے برآمد ہونی ہے۔

☆☆☆☆☆

''نگہت نظر نہیں آرہی ہے۔''

مس ماہ نور جو کہ معروف خواتین کے کالج کی پروفیسر تھیں۔ اُنھوں نے اپنی ہونہار طالبہ کی غیر موجودگی کو محسوس کرتے ہوئے نگہت کی سہیلی فضلیت بی بی سے پوچھا۔

’’میڈم جی! لگتا ہے وہ کہیں گھومنے گئی ہوگی۔ آج کل وہ بڑی ہواؤں میں اڑ رہی ہے۔‘‘

فضلیت بی بی نے مسکراتے ہوئے جواب دیا۔

مس ماہ نور سمجھ گئی تھی کہ نگہت چوں کہ تعلیم اور ادبی سرگرمیوں کی وجہ سے شہرت حاصل کر رہی تھی تو اِس وجہ سے اُس کے حوالے سے یہ بات کہی گئی ہے۔

’’مس ماہ نور! وہ۔۔۔ اُس کے۔۔۔ خاص دن آئے ہوئے ہیں۔‘‘

شریر فاطمہ نے اپنے منہ پر ہاتھ رکھتے ہوئے ہنستے ہوئے بات کہی۔

’’کیا مطلب ہے آپ کی بات کا؟‘‘

’’کیا اس کی شادی ہو رہی ہے؟‘‘

’’کہیں اِس کی سالگرہ کا دن تو نہیں آ رہا ہے؟‘‘

مس ماہ نور نے ایک ساتھ کئی سوال فاطمہ کی بات پر کر دیے۔

’’ارے۔۔۔ نہیں میڈم! ایسا کچھ نہیں ہے۔‘‘

بلقیس نے کھڑے ہو کر کہا۔

’’پھر کیا بات ہے۔ آپ صاف صاف بتائیں کہ مسئلہ کیا ہے؟‘‘

مس ماہ نور نے بات پوچھی۔

بلقیس اپنی جگہ سے اُٹھی اور پھر مس ماہ نور کے پاس جا کر آہستگی سے یوں بات بیان کرنے لگی کہ اِس کی آواز دیگر لڑکیوں تک نہیں پہنچ پا رہی تھی۔ مس ماہ نور نے بلقیس کی بات سنتے ہی اُسے واپس اپنی کرسی پر بیٹھنے کا اشارہ کیا اور پھر اُنھوں نے موضوع بدلتے ہوئے سب کو خاموش رہنے کا اشارہ کرتے ہوئے امتحانات کے حوالے سے لیکچر دینے لگیں۔

☆☆☆☆☆

’’بلقیس یار۔۔ بہت درد ہو رہا ہے۔‘‘ نگہت نے درد کے مارے کراہتے ہوئے کہا۔

’’درد کے بعد ہی تو راحت ملتی ہے۔‘‘

بلقیس کہاں خاموش رہنے والی تھی۔اُس نے ترنت جواب دیا۔

''چپ کر بلقیس کی بچی۔'' نگہت نے چیختے ہوئے کہا۔

''میری تو ابھی شادی نہیں ہوئی ہے دوست۔میری بچی کہاں سے آ گئی ہے۔''

''خاموش ہو جاؤ۔۔۔ورنہ آج تم میرے ہاتھوں جان سے جاؤ گی۔''

نگہت نے ناگواری سے کہا۔

''تم میرا قتل اِس وجہ سے کر دو گی کہ تمھیں درد ہو رہا ہے اور تم میری قاتلہ بننا چاہتی ہو؟''

بلقیس نے سوچ لیا تھا کہ اُس نے آج خاموش نہیں رہنا ہے۔اِس لیے وہ بار بار نگہت کو تنگ کر رہی تھی۔نگہت اور بلقیس بچپن سے دوست تھیں۔اِس لیے ایک دوسرے کے مزاج سے بہ خوبی واقف تھیں۔

''اب مجھے یہ بتاؤ کہ میں تمھارے درد کو کیسے ختم کروں۔''بلقیس نے سنجیدگی سے کہا۔

''تم میری کوئی مشکل بھی حل نہیں کر پا رہی ہو۔'' نگہت موضوع بدلتے ہوئے بولی۔

''ہیں۔۔ہیں۔۔اب یہ کیوں کہ رہی ہو۔''بلقیس نے پوچھا۔

''تمھیں علم ہے کہ میری خالہ کے بیٹے سے شادی کروائی جا رہی ہے۔وہ عمر میں بھی مجھ سے دوگنا ہے اور تعلیم یافتہ بھی نہیں ہے۔میں پڑھ لکھ کر ایک کم تعلیم یافتہ شخص سے کیسے شادی کر سکتی ہوں۔'' نگہت نے افسردہ لہجے میں شکوہ کیا۔

''ہاں۔۔واقعی یہ تو بڑی پریشانی کی بات ہے۔''

بلقیس نے اپنی دوست کی بات کو سنتے ہی جواب دیا۔

''میرے تو سر کے بال بھی گرنے لگے ہیں اور تو اور معدہ بھی خراب رہنے لگا ہے۔جب یہ سب سوچتی ہوں تو اکثر سر درد ہو جاتا ہے۔'' نگہت نے نم آنکھوں سے بولی۔

''سب ٹھیک ہو جائے گا۔تم اُداس مت ہو۔''بلقیس نے کچھ سوچتے ہوئے جواب دیا۔

''اور بھی ایک مسئلہ ہے۔'' نگہت نے شرمسار ہوتے ہوئے کہا۔

''ایک اور بھی مسئلہ ہے۔ہم سب کہتے ہیں کہ پاکستان میں بیروزگاری،منہگائی اور امن و امان کے مسائل کے ساتھ لوڈ شیڈنگ نے عوام کا جینا حرام کیا ہوا ہے۔لیکن تم کہ رہی ہو کہ اِن سب کے علاوہ بھی کچھ مسائل ایسے ہیں جو واقعی سنجیدہ نوعیت کے ہیں جن کا علاج ضروری ہے۔''

بلقیس نے بلیک کافی کا کپ گھر کی ملازمہ سے لیتے ہوئے کہا۔ اُس نے جان بوجھ کر ایسی بات کی تھی تا کہ اُس تک یہ بات نہ پہنچ سکے کہ اُن دونوں کے درمیان کیا گفتگو چل رہی ہے۔ بلقیس اچھی طرح سے جانتی تھی کہ ملازم کچھ سن کر پھر آگے ضرور سناتے ہیں اور پھر کہتے ہیں کہ بڑوں کے ہاں یہ سب بھی ہوتا ہے۔

''یار کتنا ستاتا ہے۔ میں نے آج غلطی کر لی ہے تمھیں گھر بلوا کر تم تو بس مجھے ہی سنائی جا رہی ہو۔'' نگہت ناگواری سے بولی۔

''اچھا۔۔بتاؤ۔۔اب کون سا مسئلہ ہو رہا ہے۔''بلقیس نے استفسار کیا۔

''وہ یار۔۔میرا بستر۔۔اکثر صبح اُٹھتی ہوں تو پتا چلتا ہے کہ گیلا ہے۔کیل مہاسے بھی مجھے زچ کر رہے ہیں۔'' نگہت نے شرمندہ ہوتے ہوئے انکشاف کیا۔

''ہیں۔۔۔ہیں۔۔۔یہ کیا کہہ رہی ہو۔تمھارے ساتھ یہ سب کب سے ہونے لگا ہے۔''
بلقیس نے پوچھا۔

''بس بہت کچھ بہت دنوں سے ہو رہا ہے۔ابو جی کی نوکری بھی ختم ہو گئی ہے۔ بڑے بھیا تو کوئی کام کاج کرتے نہیں ہیں بس جو بچت ہے اِسی سے گزارہ ہو رہا ہے۔ میں شادی کا سن کر اور بھی پریشان ہو گئی تھی۔ مجھے ابھی یاد آ رہا ہے کہ یہ کافی مہینوں سے ہو رہا ہے، پہلے پہل تو میں نے اِن باتوں کو نظرانداز کر دیا تھا لیکن اب محسوس کر رہی ہوں کہ یہ سب زیادہ دیر ہوتا رہا تو بہت کچھ خراب ہو سکتا ہے۔'' نگہت نے کچھ سوچتے ہوئے جواب دیا۔

''اور تمھارے خاص دن؟''بلقیس نے آنکھ مارتے ہوئے کہا۔

''اُن میں کبھی کبھار بے قاعدگی ہو جاتی ہے اور تم تو جانتی ہو کہ ہر عورت ایک دوسرے سے مختلف ہے اِس میں معمولی فرق ہوتا ہے۔ مجھے لگتا ہے کہ اپنی صحت سے غفلت کو بھگتنا شروع کر دیا ہے۔'' نگہت افسردہ ہوتے ہوئے بولی۔

''چلو۔۔۔یار۔۔۔کوئی بات نہیں ہے۔ اِس حوالے سے کچھ سوچتے ہیں۔تم ایسا کرو کہ امی کو اپنے مسائل بتا دو۔''بلقیس نے مشورہ دیا۔

''ارے نہیں۔۔۔ایسا نہیں کرنا ہے۔وہ پہلے ہی مسائل کا شکار ہیں اور زیادہ پریشان ہو جائیں گی۔'' نگہت نے واضح انکار کر دیا۔

''اچھا! میں چلتی ہوں۔ اِس معاملے پر پھر بات کریں گے اور کوشش کروں گی کہ تمھارے مسائل کو حل کروا سکوں۔''بلقیس نے مسکراتے ہوئے نگہت سے کہا اور اپنے گھر جانے کے لیے اُٹھ کھڑی ہوئی۔

☆☆☆☆☆

دھڑکتے دل کے ساتھ نگہت نے پارسل کھولا۔

اُس کی چنی منی آنکھیں جو دیکھ رہی تھیں وہ بہت ہی حیران کن تھا۔

پارسل کو کھولنے پر Gynozol (syrup) برآمد ہوا تھا۔

اُس پر لکھی گئی عبارت نے اُسے ششدر کر دیا تھا۔

''خواتین کی تمام بیماریوں کا ایک مخصوص علاج جو جسم کی صحت کے لیے نہیں بل کہ دماغی صحت کے لئے بھی موثر طریقے سے کام کرتا ہے۔''

حیرت انگیز طور پر اِس پارسل سے ایک خط بھی برآمد ہوا۔آج کے دور میں کسی کا خط لکھنا ایک حیرت انگیز بات تھی۔

نگہت خط پڑھنے لگی۔

پیاری نگہت! تمھاری صحت کے بارے میں جان کر بہت افسوس ہوا اور پھر خیال آیا کہ اِس مشکل وقت میں مجھے ساتھ دینا چاہیے۔ اِسی وجہ سے تمھاری اجازت کے بناء ڈاکٹر عافیہ سے رابطہ کیا اور تمھارے حوالے سے معلومات دے کر ایک دوائی تجویز کروائی ہے یعنی Gynozol (syrup) جو کہ اِس خط کے ساتھ تمھیں بھجوا رہی ہوں تا کہ تم اپنی صحت کے حوالے سے سستی کا مظاہرہ نہ کرو اور فوری طور پر صحت یاب ہو جاؤ کہ صحت انمول نعمت ہے۔

تمھاری دوست

نگہت نے دوائی کو بتائے گئے طریقہ کار کے مطابق استعمال کرنا شروع کر دیا۔اُس کی حالت پہلے سے بہتر ہو رہی تھی اور وہ گھر کے کام کاج کو معمول کے مطابق سرانجام دینے لگی۔

نگہت کو ابھی تک اپنی نامعلوم دوست کے بارے میں علم نہ ہو سکا تھا۔

☆☆☆☆☆

مس نور کے علم میں نگہت کے بارے میں سب کچھ آچکا تھا۔اُنھوں نے اپنی دوست عافیہ جو کہ ماہر امراض

نسواں تھیں۔ اُن کو نگہت کی صحت مندی کے لیے فکر مندی بتائی۔ اُنھوں نے Gynozol (syrup) کے فوائد بتاتے ہوئے اِسے نگہت کو ارسال کرنے کا مشورہ دیا۔ اُنھوں نے بتایا تھا کہ اگر وہ مناسب سمجھیں تو وہ کسی روز کالج میں آکر اُسے براہ راست بھی دیکھ لیں گی۔

مس ماہ نور خوش تھیں کہ اُن کی دوست مشکل کی اِس گھڑی میں کام آئی ہیں۔ اُنھوں نے اُسی روز ہی Gynozol (syrup) کو نگہت کے پتے پر ارسال کروادیا تھا۔

☆☆☆☆☆

کالج کی فضا خوشگوار تھی۔

تمام طالبات اپنے امتحانات کے نتائج کے لیے جمع تھیں۔

نگہت کا کھلتا چہرہ دیکھ کر سب سہیلیاں خوش تھیں۔

نگہت نے ضلع بھر میں دوسری پوزیشن لی تھی۔

بلقیس بھی خوش تھی کہ آخر کار وہ خاص دن گزر گئے اور یہ خاص دن آئے ہیں۔ جب اُن کے ہاتھوں میں ایک ڈگری ہے، اُن کی محنت کا صلہ۔

☆..........☆

فضائی حملہ

''تمھارے بارے میں سب کہہ رہے ہیں کہ تم نے کسی کے حق پر ڈاکہ مارا ہے۔''
نسیم نے چھوٹے بھائی ذوالقرنین کی جانب دیکھتے ہوئے کہا۔
''میں نے ایسا کیا جرم کیا ہے کہ سب میرے خلاف ہوگئے ہیں اور طنزیہ گفتگو کر رہے ہیں؟''
ذوالقرنین نے گرجتے ہوئے چھوٹی بہن کو جواب دیا۔
''تمھارا جرم چھوٹا تو نہیں ہے پہلے تم بڑے بڑے نامور صنعت کاروں کے خلاف کھڑے ہوئے کہ وہ مزدوروں کا استحصال کر رہے ہیں اور اب تم ایک نئے قانون کے اجراء کی بات کر رہے ہو تا کہ اُنھیں حقوق مل سکیں۔ کیا یہ فیصلہ قابل گرفت نہیں ہے۔''
نسیم نے ذوالقرنین کی آنکھوں میں دیکھتے ہوئے کہا۔
''میں نے خودنوشت ''جی دار'' میں پڑھا تھا کہ کچھ لڑائیاں اللہ کے سہارے بھی جیتی جاسکتی ہیں۔ جب کوئی ہمیں ہرانا چاہتا ہے تو سب سے پہلے ہمارے حوصلے کم کرتا ہے کہ پھر شکست سے دوچار کرنا بہت آسان ہو جاتا ہے۔'' ذوالقرنین نے جواب دیا۔
''میں نے ماہ نامہ ''انوکھی کہانیاں'' میں شائع ہونے والی آپ بیتیوں سے بہت کچھ سیکھا ہے۔ سہ ماہی الزبیر، بھاول پور اور ماہ نامہ نقوش، لاہور بھی آپ بیتیاں نمبر شائع کر چکے ہیں۔ تمھاری بات درست ہے کہ آپ بیتیاں کسی بھی انسان کو مایوسی سے امید کی جانب لاتی ہیں۔ تم نے جو بات بتائی ہے وہ بھی کچھ ایسی ہی ہے۔''
نسیم نے عمیرہ احمد کے ناول ''پیر کامل'' کو میز پر رکھتے ہوئے کہا۔
''تمھیں کیا لگتا ہے کہ میں نے جو نئے قانون کی منطق پیش کی ہے، وہ درست ہے؟''
ذوالقرنین نے چھوٹی بہن کی جانب معصومیت سے دیکھتے ہوئے پوچھا۔
''بھائی! تمھیں زندگی میں بہت کچھ کرنا ہے۔ تمھیں ایک بات یاد رکھنی چاہیے کہ لوگ کبھی وہ نہیں سمجھیں گے جو

تم اُنھیں سمجھانے کی کوشش کروگے۔ ہمارے ہاں جو چیز یا نظریہ مقبول ہو جاتا ہے اُسے لوگ اپنا قرار دینے کی کوشش کرتے ہیں۔ کسی بھی غیر مقبول چیز کے پیچھے لوگ نہیں پڑتے ہیں اُنھیں جس شے میں افادیت نظر آتی ہے، وہ اُس کے حصول کے لیے کسی بھی گھٹیا طریقے کو استعمال کر سکتے ہیں کہ اُنھیں کسی کے جذبات کا احساس نہیں رہتا ہے۔ اگر تمھیں لگتا ہے کہ تمھارے نظریے میں دم ہے اور جو تم نے کہا ہے، وہ اٹل حقیقت ہے تو پھر تمھیں ڈٹ جانا چاہیے۔ اور ایک جی دار انسان بن کر جینا چاہیے کہ ہزار کتے بھونکتے ہیں تو ایک شیر کی دہاڑ اُنھیں خاموش کر دینے کے لیے کافی ہوتی ہے۔ جس کا مقدر آسمانوں پر راج کرنا ہو اُسے زمینی گیڈر کہاں ہرا سکتے ہیں۔ اُس کے لیے حوصلے کم کرنے پڑتے ہیں اور بے بنیاد اور کھوکھلے بیانات جاری کر کے کسی کو نظروں سے گرانے کی کوشش ہوتی ہے کہ کم ظرف یہی کر سکتے ہیں۔''

نسیم نے ذوالقرنین کے سر میں ہاتھ پھیرتے ہوئے بات کہی۔

نسیم اپنے بھائی کی آنکھیں نم دیکھ کر مسکرائی کہ وہ سمجھ گئی تھی کہ کچھ رویے اور حادثے انسان کو وقت سے پہلے عقل مند بنا دیتے ہیں۔

☆............☆

روشن آنکھیں

''ارے۔۔احمد سنو۔۔۔کہاں جا رہے ہو؟''

حسن نواز نے احمد علی کو آواز دی۔

''بھئی۔۔۔کتنی بار بتا چکا ہوں کہ میں محمد یعقوب میموریل لائبریری جا رہا ہوں۔''

احمد علی نے آنکھیں دکھاتے ہوئے کہا۔

''خیام کے ساتھ ساتھ حیرت ہے کہ تم کتب کے دیوانے ہو چکے ہو۔وہ بھی اکثر سلیم فاؤنڈیشن اسکول میں قائم کتب خانے میں جاتا ہے اور تم نے بھی جانا شروع کر دیا ہے۔اب میرا کیا ہوگا؟ مجھے تو نصاب کی کتب پڑھ کر الجھن ہوتی ہے اور غیر نصابی کتب۔۔۔۔''

حسن نواز نے احمد علی کا بازو پکڑا اور شکوہ کر دیا۔

''تمھیں علم ہے کہ مجھے کتب پڑھنے سے کتنا لگاؤ ہے۔اِس لیے فضول وڈیو گیمز کھیلنے کی بجائے مطالعہ کرنے کو ترجیح دیتا ہوں۔''احمد علی نے جواب دیا۔

''محمد یعقوب میموریل لائبریری میں تو پہلے کتب کی تعداد کم تھی۔اب وہاں کیا نئی کتابیں آ رہی ہیں؟''حسن نواز نے استفسار کیا۔

''جب سے انڈس کا ٹیچ لائبریری نیٹ ورک پاکستان نے کتب خانوں کے قیام کو یقینی بنایا ہے۔اب پاکستان بھر میں کئی کتب خانوں میں معیاری اور اچھی کتابیں پہنچ رہی ہیں۔2015 سے انڈس کا ٹیچ لائبریری نیٹ ورک پاکستان ایک انقلاب برپا کرنے میں مصروف عمل ہے۔حیران کن طور پر پاکستان بھر میں لگ بھگ 860 کتب خانوں میں اِس وقت پچیس ہزار طلباء مختلف کتب اور رسائل پڑھ رہے ہیں جب کہ ہمارے ہاں کہا جاتا ہے کہ کتب خانوں میں کون جاتا ہے۔''احمد علی نے جواب دیا اور کچھ لمحوں کی خاموشی کے بعد بولا۔

''دل چسپ بات یہ ہے کہ محض کتب خانوں کا قیام ہی ممکن بنا کر اُسے ایسے ہی نہیں چھوڑا گیا ہے۔ کتب خانوں میں آنے والے طلباء سے پڑھی جانے کتب اور رسائل پر رائے معلوم کی جاتی ہے جس سے یہ اندازہ لگایا جاتا ہے کہ وہ کس قدر کتب کے مواد کو سمجھ سکے ہیں۔ نونہالوں کی اتنی بڑی تعداد یہ بتاتی ہے کہ یہ ہرگز کتابوں کی آخری صدی نہیں ہے۔ تمام طلباء کے لیے یہ لازمی قرار دیا گیا ہے کہ وہ کتاب کے مواد کے حوالے سے اپنا تبصرہ تحریری طور پر لکھیں۔ یہاں یہ قدغن نہیں لگائی گئی ہے کہ وہ صرف اردو یا انگریزی میں رائے لکھیں بل کہ وہ سندھی زبان میں اپنی خواہش کے مطابق تبصرہ لکھ سکتے ہیں۔ ایک اہم سرگرمی یہ ہے کہ طلباء کو علامہ محمد اقبالؒ، شاہ عبدالطیف بھٹائی یا کسی بھی شاعر کے ایک شعر کو لکھنے کو کہا جاتا ہے جو طلباء کو شاعری میں دل چسپی لینے پر مائل کرتا ہے۔''

احمد علی نے حسن نواز کے ہاتھوں سے من پسند مشروب کے گلاس کو ہاتھ میں لیتے ہوئے خاموشی اختیار کی تو حسن نواز نے سوال کیا۔

''اِس بڑے انقلاب کے پیچھے کس ہستی کا ہاتھ ہے، اِس کے بارے میں بھی کچھ بتاؤ۔''

''اپنی نوعیت کا منفرد کام آغا نور محمد صاحب نے شروع کیا ہے جو اکادمی ادبیات پاکستان میں رہتے ہوئے کئی کارہائے نمایاں سرانجام دے چکے ہیں۔ اُن کے نزدیک مطالعے کا شوق سب سے زیادہ اہم ہے کہ یہ معاشی اور اخلاقی بہتری کا انقلاب برپا کرسکتا ہے۔ پاکستان کی تاریخ میں شاید ہی ایسا کوئی اور ادارہ ہو جو اس قدر وسیع نیٹ ورک کے ساتھ ''کتاب پڑھو اور پڑھاؤ'' کے پیغام کو پھیلا رہا ہو۔''

احمد علی نے مسکراتے ہوئے جواب دیا تو اسی اثناء میں خیام بھی آ پہنچا۔

خیام نے احمد علی کی بات کا کچھ حصہ سن لیا تھا۔ خیام نے حسن نواز کو گھورتے ہوئے سوال کیا۔

''کیا ہمارے من پسند رسائل ماہ نامہ ''سرائے اردو'' اور سہ ماہی ''باغیچہ اطفال'' بھی پڑھنے کو ملیں گے۔''

''اللہ کے بندے! کتب خانے میں مختلف مزاج کے حامل افراد کے لیے ہر نوع کی کتب اور رسائل کے ساتھ ساتھ دستاویزات رکھی جاتی ہیں تاکہ علمی و تحقیقی کام میں مدد مل سکے۔ آپ کے من پسند رسائل بھی دستیاب ہوں گے۔''

احمد علی نے جواب دیا تو خیام اور حسن نواز نے بیک وقت کہا۔

''چلتے ہو تو محمد یعقوب میموریل لائبریری چلو، کتاب پڑھو اور پڑھاؤ۔''

احمد علی اپنے دونوں دوستوں کی بات سن کر مسکرایا اور پھر اُن کے ساتھ کتب خانے کی جانب روانہ ہو گیا۔ وہ دل ہی دل میں سوچ رہا تھا کہ خوب صورت اور دل پذیر الفاظ پڑھ کر آنکھیں روشن ہوتی ہیں اور دماغ میں چھپے اندھیرے زندگی بدلنے والے جملوں سے ختم ہوتے ہیں۔

☆..........☆

کامیابی کا سفر

ا ''پروفیسر علی رحمت صاحب! آج آپ کو اسلام آباد ماڈل اسکول فار بوائز، چھتر، اسلام آباد کا دورہ کروائیں گے۔'' خیام نے مسکراتے ہوئے اپنے بچپن کے دوست کو مخاطب کیا۔

''یعنی ہم اپنے اسکول جائیں گے، جہاں سے ہم نے پڑھا ہے۔''

علی رحمت نے خوشی کا اظہار کرتے ہوئے جواب دیا۔

کچھ ہی دیر میں دونوں اسکول پہنچ چکے تھے۔

پروفیسر علی رحمت کو آج کے پروگرام میں بطور مہمان خصوصی مدعو کیا گیا تھا۔

☆......☆

خیام صاحب نے اسکول پرنسپل محترم طاہر عباسی صاحب سے ملاقات کروانے کے بعد پروفیسر علی رحمت کو کتب خانے کی جانب چلنے کی دعوت دی۔ جہاں انڈس کاٹیج لائبریری نیٹ ورک کے چیف ایگزیکٹو جناب آغا نور محمد سندھی پہلے سے ہی مقررہ نشست پر براجمان تھے۔

محمد زین، محمد اویس، زین محمود نے پھولوں کے گلدستے اور کتب بطور تحفہ تقریب کے تینوں مہمانوں کو پیش کیں۔ شاہ زیب، محمد ثاقب، گل محمد، ابوبکر، سانول، یحییٰ احسن، محمد شاہ زیب، اویس خان، بلال خان، ریحان، یاشو وارث، راجا احمر، سید رومان علی، ذیشان احمد، مومین عقیل، مطیع الرحمٰن کے چہرے خوشی سے دمک رہے تھے کہ اُنھیں خوب صورت کتاب تقریب کے اختتام پر تحفے میں ملنی تھی۔

اردو کے استاد خیام صاحب نے طلباء کو دیکھتے ہوئے استفسار کیا کہ آج کس کتاب کے حوالے سے سوال و جواب ہوں گے۔

''شاہراہ زندگی پر کامیابی کا سفر۔'' سلیم علی بابر نے جواب دیا۔

''یہ کتاب کس مصنف کی تحریر کردہ ہے؟'' خیام صاحب نے اگلا سوال کیا۔

''محمد بشیر جمعہ " کی تحریر کردہ کتاب ہے۔''موجید احمد نے جواب دیا۔

''اِس کتاب کا انتساب کس کے نام ہے؟''خیام صاحب کی طرف سے پھر سوال کیا گیا۔

''اِس کتاب کا انتساب محسن انسانیت حضرت محمدﷺ کے نام ہے۔''

محمد فیضان اللہ نے مسکراتے ہوئے جواب دیا۔

''چلیں۔۔اب یہ بتائیں کہ اِس کتاب میں کون کون سے موضوعات شامل ہیں۔''

خیام صاحب نے تین طلباء کو جواب دینے کا اشارہ کیا تو تینوں کھڑے ہو گئے۔

''حصہ اول وقت کی اہمیت کے حوالے سے ہے۔''

غلام مرتضیٰ کا جواب ابھی ختم ہوا ہی تھا کہ محمد حاشر بول اٹھا۔

''مجھے علم ہے کہ دوسرا حصہ انفرادی منصوبہ بندی اور کیرئیر پلاننگ کے حوالے سے ہے۔''

''اگلا حصہ موثر شخصیت کے حوالے سے ہے۔دیگر حصوں میں فن گفتگو، اجتماعی و دفتری زندگی، عملی میدان میں کامیابی اور انفرادی صلاحیتیں کی بابت بحث ہوئی ہے۔''

عمر خلیل نے خیام صاحب کی جانب سے اشارہ کیے جانے پر کھڑے ہو کر جواب دیا۔

ابھی وہ خاموش ہوا ہی تھا کہ نوید احمد نے جواب دیا۔

''آخری حصے کا عنوان ''فارمز اور چارٹس کے ذریعے اپنی ذات کی تنظیم'' ہے۔''

خیام صاحب ابھی کچھ کہنے ہی لگے تھے کہ انڈس کا ٹیج لائبریری نیٹ ورک کی رابطہ کار نوشین نے انھیں کچھ صفحات تھما دیے۔جس پر اسکول کے طلبہ نے کتاب کے حوالے سے رائے لکھی ہوئی تھی۔اُنھوں نے اول، دوم اور سوم آنے والے طلبہ کا انتخاب اُن کی املاء، بہترین جملوں کے انتخاب اور خوش خطی کی بنیاد پر کیا۔

محمد اویس نے دیگر باتوں کے ساتھ ساتھ ایک اہم بات لکھی تھی کہ ''منصوبہ بندی کے لیے ضروری ہے کہ آپ کی شخصیت میں توازن ہو، ترتیب ہو، تسلسل ہو۔''

محمد زین نے لکھا تھا کہ ''ڈائری کے ذریعے اپنی زندگی کو منظّم کیجیے۔تساہل کی بیماری کے باعث ہم اپنے مقاصد حاصل نہیں کر سکتے۔''

مطیع الرحمٰن نے خوب صورت جملے کا انتخاب کیا تھا۔اُس نے لکھا تھا کہ ''وقت ایک بے مثال ذریعہ اور وسیلہ ہے۔یہ فوری ضائع ہونے والی ایسی چیز ہے جسے نہ چھوا جا سکتا ہے اور نہ ہی اُسے کسی طریقے سے ذخیرہ کیا جا

سکتا ہے۔ یہ برف کی طرح ہے کہ اگر آپ استعمال نہ کریں اور باہر رہنے دیں تو پگھل جائے گی۔''

محمد ثاقب نے کتاب میں سے اپنا بہترین جملہ لکھا تھا۔

''اگر ہم اپنی زندگی کے دوسرے معاملات کا جائزہ لیں اور ترجیحات مقرر کرلیں تو ہم وقت کے ضیاع کو کم کرسکیں گے۔''

بہترین تحریروں کے حامل طلبہ کو پروفیسر طاہر عباسی، پروفیسر علی رحمت اور انڈس کا ٹیج لائبریری نیٹ ورک کے چیف ایگزیکٹو آغا نور محمد کی جانب سے انعامات دیے گئے۔

''ایک اور اہم سوال جس کے درست جواب پر آپ کو عالمی ادیب اطفال اردو ڈائریکٹری انعام کے طور پر ملے گی۔''

خیام صاحب کا اعلان سنتے ہی کئی بچوں کے چہروں پر مسکراہٹ آ گئی۔

''یہ کتب خانہ کس کے نام سے منسوب ہے؟ جہاں اِس وقت ہم کھڑے ہیں۔''

سوال سن کر تمام نونہالوں نے ہاتھ کھڑے کیے۔لیکن خیام صاحب نے خاموش طبع شاہ زیب کو جواب دینے کا اشارہ کیا۔

''جناب! کرنل نعیم اشرف صاحب کے نام سے، جو دو ناولز کے مصنف ہیں، اِسے 2022 میں قائم کیا گیا تھا۔'' شاہ زیب نے قدم آگے بڑھائے اور پروفیسر طاہر عباسی صاحب سے اپنا انعام وصول کیا، کیوں کہ اُس کا جواب درست تھا۔

انعام یافتہ طلباء میں جوش وخروش بڑھ چکا تھا وہ تہیہ کر چکے تھے کہ اب وہ مزید دل چسپی سے نہ صرف کتب پڑھیں گے بل کہ تعلیم کے میدان میں بھی عمدہ کارکردگی دکھائیں گے۔

☆............☆

ننھی استانی

''تمھیں کیسے معلوم ہوا کہ میری مادری زبان سندھی ہے۔''

گورنمنٹ گرلز ہائر سیکنڈری اسکول، خیر پور میرس کی آٹھویں جماعت کی طالبہ ام کلثوم نے گاجر کا حلوہ کھانے میں مصروف غلام سکینہ کو گھورتے ہوئے کہا۔

''''ادی۔۔۔خدیجہ نے تمھارا ''پاکستانی ادب کے معمار'' نامی کتاب پر لکھے گئے تبصرے کو پڑھا تھا۔ جو تم نے انڈس کاٹیج لائبریری کے قائم کردہ کتب خانے میں پڑھی تھی۔''

غلام سکینہ نے اپنے چشمے کو سیدھا کرتے ہوئے جواب دیا۔

''مجھے تم سے یہ امید نہیں تھی خدیجہ۔۔۔۔''ام کلثوم نے خدیجہ کی جانب قدم بڑھائے۔

''واہ۔۔۔بھئی۔۔۔واہ۔۔۔ہمیں کہتی ہو کہ انگریزی کیوں پڑھتے ہو؟ یہ تو غیروں کی زبان ہے۔اور خود مزے سے اردو، انگریزی اور سندھی میں کتب پڑھتی ہو؟ کیا یہ 1973 کے تناظر میں درست عمل ہے۔'' نٹ کھٹ سی خدیجہ نے دلیری سے کہا تو ام کلثوم کے بڑھتے قدم رک گئے۔

''کتاب پڑھو اور پڑھاؤ۔۔۔۔۔یوں سب کتب خانے میں شور نہ مچاؤ۔۔''

سیدہ فاطمہ زہرہ نے دور سے آواز لگائی۔

''سیدہ صغرہ بتول! تمھاری کمی تھی، تم کیوں دور کھڑی ہو۔تم بھی آگ لگانے آؤ۔''

سیدہ نتاشا نے حسب معمول بچپن کی سہیلی کو چھیڑا۔

سیدہ مجیدہ، زینب، سیدہ ثانیہ زہرا، زہرہ بتول، مناہل ، ماریہ ، نیہا بتول، سمعیہ، سیدہ سعدیہ جیلانی، ام فروا اور بسمہ بتول نے غصے سے تیز آواز میں بولنے والی لڑکیوں کی طرف دیکھا تو وہ سب خاموش ہو گئیں۔

''یہ کتب خانہ ہے، یہاں خاموش رہ کر پڑھا جاتا ہے۔۔۔آئی سمجھ۔۔۔۔''

حفصہ سومرو نے اچانک بیان جاری کیا۔

عنابیہ، رحمت فاطمہ، آصفہ اور ریشما نور نے حفصہ سومرو کو منھ پر انگلی رکھ کر خاموش ہونے کا اشارہ کیا تو ام کلثوم، غلام سکینہ اور خدیجہ تیزی سے کتب خانے کی الماری میں سے کتب اور رسائل نکالنے لگیں۔ ام کلثوم نے ستمبر 2024 میں شائع ہونے والی عالمی ادیب اطفال اردو ڈائریکٹری، غلام سکینہ نے سہ ماہی باغیچہ اطفال کا ''اسکول نمبر'' اور خدیجہ نے سہ ماہی سرائے اردو کا ''ادیب نمبر'' اٹھایا اور آرام دہ کرسی پر بیٹھ کر پڑھنے لگیں۔ اُنھوں نے سوچ لیا تھا کہ آیندہ کتب خانے میں شور نہیں کرنا ہے کہ جس طرح مسجد میں عبادت کے لیے جاتے ہیں اِسی طرح کتب خانے میں علم کے متلاشی رخ کرتے ہیں۔ دل ہی دل میں اُنھوں نے حفصہ سومرو کو ننھی استانی کا خطاب دے دیا تھا جس نے اُنھیں کچھ سمجھانے کی کوشش کی تھی۔

☆..........☆

چال باز

"تمھاری ایک بار عزت افزائی ہو چکی ہے، اب پھر سے کچھ اور کرنا چاہتے ہو؟"
خیام نے اپنے والد نور محمد صاحب کی طرف دیکھتے ہوئے ذوالقرنین سے کہا۔
"پہلے نادان تھا، کمزور تھا، بے وقوف تھا یا جو بھی تھا۔ ابھی یہ علم ہے کہ جو کرنا ہے وہ خود کرنا ہے۔"
ذوالقرنین نے عالمی ادیب اطفال اردو ڈائریکٹری کے پہلے حصے کو گھورتے ہوئے جواب دیا۔
"خیام! جب تمھیں یقین ہے کہ ذوالقرنین جو کرے گا، وہ کچھ بہتر ہی ہوگا تو تم اُسے کیوں روک رہے ہو۔" نور محمد صاحب نے خیام سے پوچھا۔
"بڑے بڑے لوگ مخالفت پر حوصلہ ہار جاتے ہیں، لیکن یہ ابھی تک وہیں ہے جہاں پہلے تھا۔"
خیام نے مسکراتے ہوئے ابا جی کو جواب دیا۔
"بھیڑیا مردار نہیں کھاتا ہے وہ اپنا شکار خود کرتا ہے۔"
نور محمد صاحب نے خیام سے کہا تو ذوالقرنین مسکرا دیا۔

☆☆☆

"تمھیں اتنی مہنگی ڈائریکٹری خریدنے کی کیا ضرورت تھی۔"
شعیب حسن نے عارف جمیل کو مخاطب کیا۔
"مجھے ایم فل کے لیے ایک تحقیقی مقالہ لکھنا تھا تو اِس کے لیے کئی بچوں کے ادیبوں سے رابطہ کرنا تھا۔ میرے پاس اُن کے نہ تو ای میل تھے اور نہ کوئی رابطہ نمبر، فیس بک کے ذریعے کئی ادیبوں کو پیغام ارسال کیا مگر ابھی تک کسی سے جواب نہیں ملا۔ ڈائریکٹری کا اشتہار دیکھا تو سوچا موقع سے فائدہ اٹھا لیا جائے کہ 1200 روپے میں 282 ادبی ہستیوں سے براہ راست گفتگو کرنے، ان کی کتب کے بارے میں جاننے اور تحقیقی مقالے کو مکمل کرنے میں مدد ملے گی۔"

عارف جمیل نے تفصیل سے جواب دیا۔

''اِسے شائع کرنے والوں کو کافی تنقید کا سامنا کرنا پڑا ہے اور تمھیں مفت میں کھانے کو حلوہ مل گیا ہے؟''شعیب حسن نے مسکراتے ہوئے جواب دیا۔

''ارے۔۔تنقید تو حق کی آواز بلند کرنے والوں کو بھی سہنی پڑی ہے۔اِس بار شائع کرنے والوں نے خاموشی سے دوسرا حصہ شائع کر دیا ہے۔''

عارف جمیل نے مسکراتے ہوئے سنی سنائی بات بتائی۔

''کاروبار چلانے والوں کو کبھی کبھی خطرے مول لینے پڑتے ہیں۔''

شعیب حسن نے عارف جمیل کی تائید کرتے ہوئے کہا اور پھر خاموشی سے سونے کے لیے لیٹ گیا۔عارف جمیل نے عالمی ادیب اطفال اردو ڈائریکٹری حصہ دوم کو اٹھایا اور اہم نکات لکھنے لگا۔

☆............☆

نقش ثانی

''تمھیں خبر مل گئی ہے کہ ہمارے نئے اردو کے استاد تعینات ہوئے ہیں۔''

دھرمیندر نے روی سے پوچھا۔

''واقعی۔۔۔ یہ تو بہت بڑی خوشی کی خبر ہے۔''

روی نے جواب دیا۔

''یعنی تمھیں علم نہیں ہوا کہ مُریا کے ہائی اسکول کی قسمت جاگ گئی ہے۔''

شاہ زین نے لقمہ دیا۔

''بھئی۔۔ایسا کیا ہوا ہے جو تمھیں اتنی خوشی ہو رہی ہے۔''

روی نے دھرمیندر اور شاہ زین کو گھورتے ہوئے پوچھا۔

''ہمارے اردو کے نئے استاد کی چار کتب باتیں میر کارواں کی (سوانح حیات: امیر شریعت حضرت مولانا سید نظام الدین)، امیر شریعت سادس (نقوش و تاثرات)، حضرت مولانا سید ابواختر قاسمی (حیات و خدمات)، ٹوٹتی ہوئی تہذیب کا نوحہ (مشاہیر کے خطوط عارف اقبال کے نام) شائع ہو چکی ہیں۔''

شاہ زین نے جوشیلے انداز میں حاصل کی ہوئی معلومات کو دہرایا۔

''اور تو اور کئی اعزاز و ایوارڈ مل چکے ہیں جیسا کہ سرسید ایوارڈ، نوجوان قلم کار ایوارڈ، سید نظام الدین ایوارڈ، علامہ شبلی نعمانی ایوارڈ، بیسٹ جرنلزم ایوارڈ، سید سلیمان ندوی ایوارڈ، سید عبدالرافع ایوارڈ۔''

دھرمیندر نے ہاتھ میں پکڑے کاغذ کو دھیان سے دیکھتے ہوئے بتایا۔

''کچھ اور رہ گیا ہے تو وہ بھی بتا دو۔۔۔ مجھے تو لگتا ہے کہ ہمارے اسکول کی قسمت جاگ گئی ہے جو ایک اور قابل استاد تعینات ہو گیا ہے۔'' روی مسکراتے ہوئے بولا۔

''پٹنہ یونی ورسٹی سے پی جی ڈپلومہ ان اردو جرنلزم اینڈ ماس کمیونیکشن، جامعہ ملیہ اسلامیہ یونی ورسٹی، دہلی سے

پی جی ڈپلومہ ان ٹیلی ویژن جرنلزم اینڈ ماس کمیونیکشن (ہندی)، جب کہ دہلی یونی ورسٹی، دہلی کے شعبہ اردو سے ایم اے اور الفلاح یونی ورسٹی سے بی ایڈ کی ڈگری حاصل کر چکے ہیں۔ اِس کے علاوہ دو سال تک روز نامہ قومی تنظیم میں اور زی نیوز اور انڈیا نیوز میں خدمات سرانجام دے چکے ہیں۔"

شاہ زین نے تفصیل بتائی تو روی کا منھ کھل گیا۔

روی حیرت سے دونوں کو تک رہا تھا کہ اچانک دھرمیندر بولا۔

"اقلیتوں کے حقوق اور ادبی و تہذیبی ثقافتی کلچر پر کئی تخلیقات نے بہت شہرت حاصل کی ہے۔ دو سو سے زائد مضامین بھی شائع ہو چکے ہیں۔"

شاہ زین پھر سے گفتگو میں حصہ لیتے ہوئے بولا۔

"میں نے یہ بھی پڑھا ہے کہ اِن کے خاص اساتذہ میں عارفہ خانم شیروانی، انجنا اوم کیشپ، راشد احمد، پروفیسر ابوبکر عباد،، پروفیسر ارتضٰی کریم، پروفیسر صفدر امام قادری، رویش کمار، سعید انصاری جیسی قابل ہستیاں شامل ہیں۔"

"یہ بھی تو بتاؤ کہ اِن کا تعلق کہاں سے ہے اور نام کیا ہے؟" روی نے استفسار کیا۔

"محمد عارف اقبال صاحب۔ اِن کی پیدائش دربھنگہ کے ریلوے جنکشن سے متصل پورب واقع محلّہ کٹرہیا پوکھر، وارڈ نمبر 17 میں ہوئی ہے۔"

دھرمیندر کی بات ختم ہوتے ہی روی اُچھل پڑا اور بولا۔

"ارے۔۔۔ یہ تو میرے پرانے محلے دار تھے۔۔۔ میں اِن سے ابھی ملنے کے لیے جاتا ہوں۔ میرے بچپن سے آئیڈیل رہے ہیں کہ اِن کے کام کو دیکھ کر ہی صحافی بننے کا فیصلہ کیا تھا۔"

شاہ زین اچانک بولا۔

"نائب صدر جمہوریہ ہندوستان جناب حامد انصاری کے بقول:

"عارف اقبال جیسا نئی نسل کا نوجوان اپنے بزرگوں کی خدمات کو عام کرنے کے لیے کوشاں ہے جو اچھی علامت ہے، ضرورت ہے عارف اقبال جیسے اور بھی نوجوان آگے آئیں۔"

"ہمارے معاشرے کا یہی تو المیہ ہے کہ اچھے لوگوں کو آگے بڑھنے کا موقع نہیں دیا جاتا ہے، اگر مواقع دیے جائیں تو کئی بہترین کام کرنے والے انقلاب لا سکتے ہیں۔" روی بولا۔

''ابھی زیادہ فکر مند ہونے کی ضرورت نہیں ہے۔ہمیں اُن کی تعیناتی کی خبر اخبار میں پڑھنے کو ملی ہے۔وہ چند دنوں تک اسکول میں تشریف لائیں گے تو ملاقات کر لینا۔''

دھرمیندر نے شاہ زین اور روی کی خاموشی طویل ہونے پر لب کشائی کی۔

دھرمیندر کی بات نے روی کو اُداس کر دیا۔لیکن وہ خوش تھا کہ اُس کی اردو زبان پر گرفت مضبوط اور صحافی بننے کے لیے رہنمائی ملے گی۔

☆..........☆

سوچ کا دائرہ

''ارے۔۔۔ارے۔۔۔وہ دیکھو۔۔۔آج تو گورنمنٹ بوائز ہائیر سیکنڈری اسکول، لنڈو میں اکشے کمار آیا ہوا ہے۔''

جماعت ششم کے طالب علم محمد علی نے انگلی سے ایک طرف اشارہ کیا تو اردگرد جمع طلبہ اسکول کے مرکزی دروازے کی جانب دیکھنے لگے۔

''یہ بڑی اداکاری کر رہا ہے۔'' واجد علی بروہی نے مسکراتے ہوئے کہا۔

''اِس کے ابوجی ڈراموں میں جو کام کرتے ہیں۔'' سلمان نے آنکھ مارتے ہوئے کہا۔

''تمھیں جھوٹ بولتے ہوئے شرم نہیں آتی ہے۔'' اسد علی نے سلمان کو گھورتے ہوئے کہا۔

ابھی اسد علی کی بات ختم ہی ہوئی تھی کہ اویس بول اٹھا۔

''تم ہمارے ساتھ کتب خانے میں جاتے ہو۔ وہاں اچھی اچھی باتیں پڑھ کر بھی کچھ نہیں سیکھا ہے۔''

''چھوڑو۔۔۔دوستو۔۔۔کیا بحث لے کر بیٹھ گئے ہو۔'' سکندر علی نے ماحول بدلنے کی کوشش کی۔

''یہ کتاب میں تمھارے لیے بطورِ تحفہ لے کر آیا ہوں۔''

جماعت ششم کے طالب علم اکشے کمار نے شان بے نیازی سے اپنے دوستوں کے گروپ میں آتے ہی ایک کتاب سلمان کی طرف بڑھائی۔

سلمان نام کو دیکھ کر بہت زیادہ چونک گیا تو زکریا، محمد رضا، امیر علی، سرفراز، پرتاب کمار، ریحان علی، ناصر علی جلبانی، محمد ذیشان، احسن علی، دلشاد ملانو، صدام حسین، فیضان، مجاہد، مظہر، اعجاز علی مہر، علی بخش، امداد علی، کامران علی، تراب علی کے ہاتھوں سے ہوتی ہوئی کتاب جب واجد بروہی کے ہاتھ میں آئی تو اُس نے کتاب کا نام باآوازِ بلند پڑھا۔

''جھوٹ کی سنگینی اور اُس کی اقسام۔''

''یہ تو پروفیسر ڈاکٹر فضل الٰہی صاحب کی لکھی ہوئی ہے۔اِسے میں نے اسکول کے کتب خانے میں دیکھا ہے۔''زکریا نے کافی دیر سوچنے کے بعد کہا۔

''میں نے بھی اسکول کے کتب خانے میں ''جھوٹ اور بھوک'' نامی کتابچہ پڑھا ہے۔''

اسدعلی کتاب کو پھر سے ہاتھ میں لیتے ہوئے بولا۔

''میں کافی دیر سے آپ سب کی باتوں کو سن رہا ہوں۔ مجھے خوشی ہے کہ انڈس کاٹیج لائبریری کے تعاون سے قائم ہونے والے کتب خانے کی بدولت آپ سب میں کچھ نہ کچھ تبدیلی رونما ہو رہی ہے۔''اسکول ہیڈ ماسٹر صاحب کی اچانک آواز سنائی دی تو سب طلبہ حیران ہو چکے تھے کہ وہ اُن کی گفتگو نجانے کب سے سن رہے تھے۔

اُن کے ساتھ کتب خانے کے انچارج بھی موجود تھے۔

''جناب! کتب خانے میں جانے سے سوچ کا دائرہ وسعت اختیار کرتا ہے اور ہمیں بہت کچھ سمجھنے کا موقع ملتا ہے۔ میں نے اسلام کے بارے میں پڑھا تو سوچا اپنے دوست کے لیے اسلامی کتاب لے آؤں۔ مجھے کیا پتا تھا کہ یہ کتاب کسی اور کی سوچ بدل دے گی۔''

اکشے کمار کی بات نے سب طالب علموں کو مسکرانے پر مجبور کر دیا۔ابھی وہ مسکرا رہے تھے کہ اچانک چھٹی کی گھنٹی بجی۔اور سب اپنے بستے اٹھائے اسکول کے مرکزی گیٹ کی جانب بڑھ گئے۔

☆............☆

مہکتے گلاب

''اِنھیں میڈم زاہدہ نظام الدین کے پاس لے جائیں۔''

مس تہمینہ نے صدف اور مسکان کو گھورتے ہوئے کلاس مانیٹر ایمن سے کہا۔

''ہمیں معاف کر دیں، آیندہ ایسی غلطی نہیں کریں گی۔''

صدف اور مسکان نے ایک ساتھ جواب دیا۔لیکن مس تہمینہ کا ارادہ تبدیل نہیں ہوا۔

اُنھوں نے دونوں کو سزا دینے کا فیصلہ برقرار رکھا۔

☆☆☆

''میڈم! ہم نے اپنے بچوں کی تیاری بہت اچھی کرائی ہے، ہمیں یقین ہے کہ انڈس کا ٹیج لائبریری نیٹ ورک پاکستان کے تحت ہونے والے تحریری مقابلے میں کامیابی حاصل ہوگی۔''

کتب خانے کی منتظم عمرانہ سلیمان نے محترمہ شکیلہ صاحبہ جو کہ گورنمنٹ (ڈی بی ایم) گرلز ہائی اسکول، سکھر کی ہیڈ مسٹریس کے طور پر خدمات سرانجام دے رہی تھیں، اُنھیں اپنی کارکردگی سے آگاہ کیا۔

''شاباش! عمرانہ۔۔۔ مجھے یقین ہے کہ ہم نے کتب بینی کی جو مہم گزشتہ کئی برسوں سے جاری رکھی ہوئی ہے۔ اُس کے بہترین نتائج سامنے آئیں گے۔''

محترمہ شکیلہ صاحبہ نے ناول ''پیر کامل'' کو دفتر کی الماری میں رکھتے ہوئے جواب دیا۔

☆☆☆

''آپ کو کتنے دنوں سے کہہ رہی ہوں کہ بچوں کو تحریری مقابلے کے لیے تیاری کروائیں، لیکن ابھی تک کامیابی حاصل نہیں ہوئی ہے۔''

گورنمنٹ گرلز ہائر سیکنڈری اسکول، کشمور کی پرنسپل محترمہ شاہینہ میمن نے مس بختاور سے کہا۔

''وہ۔۔۔میڈم۔۔۔بات۔۔۔دراصل یہ ہے کہ ثانیہ سومرو، سائرہ تنویر، سارہ کی تیاری اچھی ہے اور مجھے

یقین ہے کہ اِن کی بدولت ہمیں کامیابی حاصل ہوگی۔''

مس بختاور نے پراعتماد لہجے میں جوب دیا۔۔

''چلیں دیکھتے ہیں۔۔۔۔مجھے یقین ہے کہ ہماری محنت رنگ لائے گی۔''

پرنسپل محترمہ شاہینہ میمن نے تنخواہ کی فائل پر دستخط کرتے ہوئے جواب دیا۔

مس بختاور کو اپنی محنت پر پورا یقین تھا کہ اُن کی بچیاں کامیاب ہوکر واپس آئیں گی۔

☆☆☆

''کتب خانے میں تو طالب علم پڑھنے کے لیے آتے ہیں، آپ نے کب سے کتب کی چوریاں شروع کردی ہیں۔'' گورنمنٹ گرلز ہائی اسکول، قاسم آباد (حیدرآباد) کی سربراہ میڈم زاہدہ نظام الدین نے مسکان اور صدف کے بارے میں شکایت سن کر بولیں۔

''میڈم! میں نے تحریری مقابلے کے لیے تیاری کرنی تھی تو اِس لیے محمد بشیر جمعہ کی کتاب کو گھر لے گئی تھی تا کہ نوٹس بنا سکوں۔'' مسکان کی بات نے پرنسپل صاحبہ کو حیران کردیا۔

''میں نے بھی " تحریری مقابلے " میں حصہ لینا ہے تو اِس وجہ سے ''اچھے فیصلے کیسے کریں'' نامی کتاب کو اٹھانا مناسب سمجھا۔'' صدف کا انکشاف مس تہمینہ کے لیے حیران کن تھا۔اُنھیں نہیں لگتا تھا کہ وہ تحریری مقابلے کے لیے اہل ہے کہ اُن کی نظر میں وہ کھیل کود کے مقابلے جیت سکتی تھی۔

''آپ دونوں کو اِس صورت میں معاف کیا جائے گا کہ آپ مقابلے میں کوئی انعام حاصل کریں۔'' میڈم زاہدہ نظام الدین کی بات نے مسکان اور صدف کے چہروں پر چھائی ہوئی اداسی ختم کردی اور وہ مسکرانے لگیں۔

☆☆☆

''میں تو بہت شرمیلی سی تھی اور مجھ سے تو بات بھی نہیں کی جاتی تھی۔''

مسکان نے اپنے ساتھ بیٹھی ثانیہ سومرو سے کہا۔

''میں کون سا ذہین تھی۔میرے اساتذہ اور پرنسپل صاحبہ نے حوصلہ افزائی کی اور کتب خانے کی اہمیت بتائی تو کتب پڑھنے سے میرے اندر حوصلہ پیدا ہوا اور آج میں یہاں تحریری مقابلے کے لیے آئی ہوں۔'' ثانیہ سومرو نے مسکراتے ہوئے جواب دیا۔

''اسکول میں ہمیں لائبریری پیریڈ میں کوئی نہ کوئی کتاب پڑھنے کو ملتی تھی تو۔۔۔''

افراح کی بات ابھی پوری نہیں ہوئی تھی کہ ملائکہ بولی:

''ہمیں کوئی اقتباس سنانے کو کہا جاتا تھا۔۔۔یوں تلفظ درست ہوا، اعتماد بھی ملا اور ہم دونوں یہاں آج مقابلے کے لیے موجود ہیں۔''

☆☆☆

''آج کے تحریری مقابلوں میں کئی اسکولوں کے طلباء نے شرکت کی ہے۔سب نے اچھی تیاری کے ساتھ مقابلے میں شرکت کی ہے۔''انڈس کاٹیج لائبریری نیٹ ورک حیدرآباد کی رابطہ کار میڈم روبینہ قریشی نے مسکراتے ہوئے مائیک تھام کر گفتگو کا آغاز کیا۔

میڈم روبینہ قریشی نے بطور جج نتائج کو پڑھنا شروع کیا۔

"پہلے انعام کی مستحق بنی ہیں ملائکہ اور مسکان، دوسرے انعام کی حق دار ثانیہ سومرو اور صدف ہیں، جب کہ تیسرے انعام کے لیے افراح، سائرہ تنویر اور سارہ منتخب ہوئی ہیں۔''

جوں ہی انعام یافتہ طلباء کے بارے میں بتایا گیا، تمام شرکا نے زوردار تالیاں بجائیں۔

انعامات کی تقسیم کے لیے تین اسکولوں کے سربراہان کو اسٹیج پر بلایا گیا اور تحریری مقابلہ جیتنے والی لڑکیوں کو قیمتی کتب اور اسناد سے نوازا گیا۔

ہال میں موجود تمام طالبات سوچ رہی تھیں کہ جس طرح سے مہکتے گلاب کی خوشبو ہمیں بے پناہ مسرت بخشتی ہے۔اِسی طرح کتب سے دوستی بھی ذہن کو معطر کرنے کا سبب بنتی ہے۔

☆............☆

اطفال نگر

جوں ہی شائزے فاضل صاحبہ نے مائیک کو ہاتھوں میں لیا، شرارتوں میں مگن بچے اپنی اپنی جگہ پر بیٹھ گئے۔ والدین، اساتذہ اور بچوں کی ایک بڑی تعداد پاکستان کڈز ریڈرز کلب کے یوم تاسیس کے موقع پر آرٹس کونسل کے مرکزی ہال میں جمع تھی۔

کلب کے حوالے سے معلومات سب کو حیران کر رہی تھیں۔

''یہ کلب پاکستان بھر کے بچوں میں مطالعے، کہانی نویسی اور عوامی اظہار کی صلاحیتوں کو فروغ دینے کے لیے قائم کیا گیا ہے۔ اِس کی سرگرمیوں میں آن لائن کہانی نشستیں، کتاب دوستی مہمات، بچوں کے مصنفین سے ملاقاتیں اور مختلف شہروں میں "ریڈرز اسٹیشنز" کا قیام شامل ہے۔ کلب کا ایک مقصد یہ بھی ہے کہ ہر بچہ پڑھنے سے محبت کرے، سننے کا سلیقہ سیکھے اور کہنے کی ہمت پیدا کرے۔''

اچانک ایک بچی کھڑی ہوئی اور اُس نے مسکراتے ہوئے سوال کیا۔

''میڈم۔۔۔۔یہ کلب کب سے کام کر رہا ہے؟''

شائزے فاضل صاحبہ پہلے حیران ہوئیں کہ ننھی بچی نے کتنا اہم سوال کیا ہے۔ پھر اُنھیں خوشی ہوئی کہ اُن کی محنت رنگ لا رہی تھی کہ بچوں میں اتنی خوداعتمادی آ چکی ہے کہ وہ سوال کرنے سے نہیں گھبراتے ہیں۔

''پاکستان کڈز ریڈرز کلب 2024 سے کام کر رہا ہے۔ ہمیں پاکستان کی نامور علمی و ادبی شخصیات کا تعاون حاصل ہے تاکہ بچوں کو کتاب دوست بنایا جا سکے اور اُنھیں مطالعے کے مثبت اثرات کے حوالے سے آگاہی دی جا سکے۔''

برقع پہنے ایک خاتون کھڑی ہوئیں اور اُنھوں نے سوال کیا کہ ''جو دور دراز علاقوں سے تعلق رکھتے ہیں، اُن کی شمولیت کیسے ممکن ہوگی؟''

''آن لائن نشستوں کا مقصد یہی ہے کہ ہر نونہال شریک ہو سکے۔''

پاکستان کڈز ریڈرز کلب کی سرپرست اعلیٰ نے مختصر الفاظ میں جواب دیا۔

''میں پہلی بار شرکت کر رہی ہوں، مجھے کس طرح سے علم ہوگا کہ آن لائن نشستوں کا انعقاد ہو رہا ہے۔'' ایک چودہ سالہ لڑکی نے شستہ انگریزی میں استفسار کیا۔

''آپ ہمیں ای میل (missionadmissionofficial@gmail.com) یا واٹس ایپ (+923012131007) پر اپنے پسندیدہ موضوعات کے بارے میں آگاہ کر دیجیے تاکہ ہم آپ کو بروقت مطلع کر سکیں۔ جو ہمارے ساتھی بننا چاہتے ہیں وہ بھی ہمارے رابطے میں آ سکتے ہیں۔'' شانزے فاضل صاحبہ نے حسب معمول مختصر جواب پر اکتفا کیا۔

اسٹیج سیکرٹری نے اچانک مجتبیٰ قادری، محمد حسین، عائزل شیراز، زینب ہاشم اور عبدالہادی کا نام پکارا تو وہ حیران رہ گئے کہ اُنھیں مطالعے کے حوالے سے ہونے والی سرگرمیوں پر انعامات سے نوازا جا رہا ہے۔

ہال میں بیٹھے تمام بچے دل ہی دل میں تہیہ کر چکے تھے کہ آیندہ برس انعام حاصل کریں گے اور ثابت کریں گے کہ وہ کسی سے کم نہیں ہیں۔

☆..........☆

شناخت

''23 اپریل کو ورلڈ بک اینڈ کاپی رائٹ ڈے ہے۔ کیا خیال ہے ہم کچھ نئی کتب خریدنے چلیں۔'' باسط نے عامر سے پوچھا۔

''ہمارے پاس تو پہلے ہی بہت سی کتب ہیں۔ جو ابھی تک پڑھی نہیں ہیں۔''

عامر نے موبائل فون کی اسکرین سے نظریں ہٹاتے ہوئے جواب دیا۔

''ہم اپنے لیے کیوں خریدیں گے؟ اِس بار نئی کتابیں اپنے دوستوں، والدین اور اُن فلاحی اداروں میں رہنے والے بچوں کے لیے خریدیں گے، جنھیں نئی کتب اور رسائل میسر نہیں ہیں لیکن وہ مطالعے کا شوق رکھتے ہیں۔'' باسط نے انکشاف کیا۔

''لیکن اِس کارِ خیر کے لیے رقم کون دے گا؟'' عامر نے استفسار کیا۔

''چند مخیر احباب نے وعدہ کیا ہے کہ وہ بیس ہزار روپے دیں گے۔''

باسط نے ہاتھ پر بندھی گھڑی کے ڈائل کو گھورتے ہوئے جواب دیا۔

''لیکن ایک مسئلہ پھر بھی باقی ہے کہ ہم کون سی کتب خریدیں گے اور کہاں سے خریدیں گے؟''

عامر نے اپنی پریشانی عیاں کرتے ہوئے سوال کیا۔

''سرائے اردو پبلی کیشن سے۔۔۔'' باسط اپنی بات مکمل کرنے والا ہی تھا کہ عامر بول اُٹھا۔

''وہ تو نیا ادارہ ہے۔۔۔ کہیں اُس کا معیار۔''

عامر کی بات ادھوری رہ گئی تھی کہ باسط نے کتابوں کے نام گنوانا شروع کر دیے۔

'' انمول خزانہ، صدیوں کے آسیب، مریم کا عزم، بے وقوف پومی، تلاش، امی جی کا آنگن، قوس قزح، پھوپھوکان اقبال، کوئل کی دانائی، صدیوں کے مسافر، کہانی خزانہ، نقطوں کا کھیل، خوابوں کی شہزادی، انوکھے دوست، بھروسہ، عہد وفا، کامیابی کی کنجی، بچوں کا قرآن، دل پہ دستک، کٹی پتنگ، اور رب کا

مہمان جیسی معیاری کتب ستمبر 2022 سے شائع ہو چکی ہیں۔ معیار کے لیے یہی کافی ہے کہ نہ صرف قارئین بل کہ ادیبوں نے بھی تعریف کی ہے۔''

''بہت خوب۔۔۔اِن میں سے چند کتب میرے پاس ہیں۔ کچھ پاکٹ سائز کہانیوں کے مجموعے روح کا راز، عالیان پہ کیا گزری، سنہری بال، سچائی کی تلاش، شرمساری، اچھے لوگ، باغی، میں اقبال ہوں، فرسٹ ایڈ بکس، سچی خوشی، میں اسکول جاؤں گی، جادوئی چھڑی، ٹیڈی، بیڈی، تمبوڑی، ڈڈو اور کچھو، جینی اور مینا کی چھپن چھپائی، سنہری بیج، محل کا راز، قائد کا پاکستان، ہمارا چاند میرے کتب خانے میں محفوظ ہیں۔'' باسط کی بات ختم ہوتے ہی عامر نے بتایا۔

''اور تو اور کچھ ناول ٹین ایجرز کے لیے جیسا کہ قرض مٹی کا، آخری وار، تلاش گمشدہ، مارخور، بھیڑے کی چال، حاتم طائی اور سند باد، علی بابا پچاس چور اور محاصرہ سرائے اردو پبلی کیشن، سیالکوٹ شائع کر چکا ہے۔ جن میں سے دو از سرِ نو شائع ہوئے ہیں۔'' باسط نے عامر کی معلومات میں اضافہ کیا۔

''اگر ہم بچوں کے لیے کوئی رسالہ خریدنا چاہئیں تو پھر۔۔۔''

عامر نے اپنی بات ادھوری چھوڑی تا کہ باسط مکمل کرے۔

''پھر۔۔۔ہم سہ ماہی باغیچہ اطفال، سیالکوٹ خریدیں گے۔'' باسط نے ہنستے ہوئے جواب دیا۔

''میرا ایک سوال تو بیچ میں ہی رہ گیا ہے۔۔۔کہ کن ادیبوں کی کتب شائع ہوئی ہیں؟''

عامر نے اُداسی سے بولا۔

''ارے۔۔۔بھئی۔ خان حسنین عاقب، عینی عرفان، ناجیہ شعیب احمد، علیزہ آصف، محمد سراج عظیم، دانیال حسن چغتائی، ام محمد، فاکہہ قمر، یاسمین کنول، غزالہ اسلم، رحمت عزیز چترالی، شمیم فضل خالق، ثمر عباس لنگاہ، عصمت اسامہ، فہمینہ ارشد، بشریٰ فرخ، ڈاکٹر سیما شفیع، مریم شہزاد، شہلا خضر، محمد فیصل علی، بہرام علی وٹو، افروز عنایت، عائشہ گل، طیبہ سجاد، اسماء صدیقہ، حمیرا بنت فرید، شاہ نواز بخاری، وردہ اسلم، عظمیٰ یاسر، تابندہ فرخ، ویر کیف، حمیرا خالد، چوہدری عبدالرحمٰن، طلعت نفیس، محمد جنید صدیقی، اقصیٰ کنول، سونیا سحرش، محمد حذیفہ حیدر، محمد تجمل بیگ، احمد ذیشان چغتائی، مفتی ارشاد احمد، ہما اسلم، شمائل عبداللہ، سحرش اعجاز، عرفان حیدر، نمرہ شہزاد، حسن ابن ساقی، عشرت زاہد، آدرش نواز، عبدالواحد کاظم، شفیق احمد، پیر محمد اقبال، ذیشان کریم، ساجدہ فرحین فرحی، خبیب زئی اور احمد رضا انصاری کے علاوہ کئی ادیبوں کی کتب شائع ہو چکی ہیں۔''

باسط نے دھیرے دھیرے کچھ نام گنوائے اور گہری سانس لینے لگا۔

کافی دیر سے خاموش بیٹھے عارف نے بولنا شروع کیا تو تینوں دوست اُس کی جانب متوجہ ہو گئے۔

"عالمی ادیب اطفال اردو ڈائریکٹری کے دو حصے شائع کرنے کا اعزاز سرائے اردو پبلی کیشن کے پاس ہے۔اِس کے ذریعے اب تک 280 کے لگ بھگ بچوں کے ادیبوں کی معلومات یکجا کی جا چکی ہیں۔خاتم النبین ﷺ کے نام سے سو سے زائد قلم کاروں کی تحریروں پر مبنی کتاب بھی منظر عام پر لا چکے ہیں۔"

"مجھے علم ہے کہ سہ ماہی باغیچہ اطفال اور سہ ماہی سرائے اردو کے خاص نمبرز میں جھوٹ نمبر، دوست نمبر، بچپن نمبر، اسکول نمبر، پھول نمبر، کتاب نمبر، لوری نمبر، نظم نمبر، شناخت نمبر، روبو کہانی نمبر، خطوط نگاری نمبر اور ادیب نمبر شامل ہیں۔" عامر نے چہکتے ہوئے بتایا۔

"اِن سے رابطہ کیسے ممکن ہوگا؟" ارسلان نے اچانک سوال کیا۔

"بھئی۔۔۔ای میل (saraiurdupublications@gmail.com) اور واٹس ایپ نمبر (03338631428) پر کتب کی اشاعت اور خریداری کے لیے معلومات لی جاسکتی ہیں۔" باسط نے گہری سنجیدگی سے جواب دیا۔

"چلیں دیکھتے ہیں کہ بیس ہزار میں کیا کچھ ملتا ہے۔"

ارسلان نے عامر کے کندھے پر ہاتھ رکھتے ہوئے کہا۔

"بیس ہزار روپے میں چھوٹا سا کتب خانہ بن سکتا ہے، آزمائش شرط ہے۔"

عامر نے لقمہ دیا۔

اچانک باسط زور سے چیخا۔

"سرائے اردو۔۔۔ادیبوں اور معیار کی پہچان۔"

نعرہ سن کر ارسلان اور عامر مسکرانے لگے۔

☆..........☆

دل پہ دستک

''کیوں ہر وقت ہندوستانی اور امریکن فلموں کو دیکھتے رہتے ہو؟''

باسط نے موبائل فون کو گھورتے ہوئے مستقیم سے کہا۔

''کیا کروں۔۔۔وقت تو گزارنا پڑتا ہے۔''

مستقیم نے باسط کی جانب دیکھتے ہوئے جواب دیا اور پھر نگاہیں موبائل فون پر مرکوز کر لیں۔

''اِدھر۔۔۔دیکھو۔۔۔نئی کتاب آئی ہے ''دل پہ دستک۔''

باسط نے اپنے موبائل فون کو مستقیم کی جانب بڑھایا۔

''تم بھی تو موبائل فون استعمال کرتے ہو، مجھے کیوں روکتے ہو؟''

مستقیم موبائل فون کو تھامتے ہوئے بولا۔

یہ بات کئی بار باسط سے کہہ چکا تھا اِسی وجہ سے وہ خاموش رہا۔

مستقیم کی نگاہیں باسط کے موبائل فون کی اسکرین پر جم گئیں۔

مستقیم زیرلب بڑبڑانے لگا۔

''زندگی کا دھارا بدلنے والے افکار پر مبنی خوب صورت مجموعہ۔''

باسط نے مستقیم کی خاموشی پر بولنے میں پہل کی۔

''دل پہ دستک' ذوالفقار علی بخاری کی شائع ہونے والی نئی کتاب ہے۔ میری خواہش ہے کہ اِسے خرید کر تمھیں تحفے میں دوں۔ لیکن تم تو مطالعہ کرنا ہی فضول سمجھتے ہو۔ حالاں کہ یہ اِس لحاظ سے منفرد ہے کہ بچوں کے ادیب کے اقوال پر مبنی غالباً اولین مجموعہ ہے۔''

''فضول۔۔۔کبھی نہیں کہا، لیکن کچھ متاثر کن بھی ہو جسے پڑھا جائے۔''

مستقیم اپنے موبائل فون کو میز پر رکھتے ہوئے بولا۔

''کچھ اقوال سناتا ہوں شاید تمھارے دل پر دستک دیں۔''

باسط نے کچھ لمحوں کے لیے خاموشی اختیار کی اور پھر بولنے لگا:

''جنھوں نے اپنے والد کو مشکلات کا سامنا دلیری سے کرتے دیکھا ہو، وہ لوگ کبھی طوفانوں سے گھبراتے نہیں ہیں۔''

''مفاد پرست کبھی بھی، کسی بھی لمحے''ضمیر'' بیچ سکتے ہیں، لہذا خطرات کا سامنا تنہا کیجیے تاکہ بھرپور کامیابی مل سکے۔''

''جب آپ اشاروں پر "ناچنا" بند کر دیتے ہیں تب لوگ "شور" مچانا شروع کر دیتے ہیں۔''

''واہ۔ بہت خوب۔ مجھے تحفے میں'' دل پہ دستک'' دے دو، کیوں کہ اِن اقوال نے دل کی تاروں کو چھولیا ہے۔''مستقیم نے مسکراتے ہوئے کہا۔

باسط مسکرایا اور موبائل فون کے کی بورڈ پر انگلیاں چلانے لگا۔ باسط کو رابطہ نمبر (03338631428) ازبر ہو چکا تھا کہ وہ کئی کتابیں اِسی ادارے سے منگوا چکا تھا۔

مستقیم چند لمحوں کی خاموشی کے بعد بولا۔

''تحفہ منہگا نہ ہو، کہیں تمھارا جیب خرچ ختم ہی نہ ہو جائے۔''

''نہیں۔ سرائے اردو پبلی کیشن، سیالکوٹ نے معیاری مجموعہ محض تین سو روپے بشمول ڈاک خرچ میں خریداری کے لیے پیش کیا ہے۔'' باسط کا جواب ختم ہوتے ہی اچانک مستقیم اُٹھ کھڑا ہوا۔ اُسے گھر آئے مہمان کے لیے کچھ لانا تھا تاکہ وہ اچھا میزبان ثابت ہو سکے۔

☆..........☆